dtv

Ein Verbrechen versetzt die Menschen in der niederbayerischen Stadt Landshut 1922 in Aufregung: Elsa Ganslmeier und ihre Tochter Clara wurden in ihrer Wohnung ermordet. Wertvoller Schmuck fehlt. Die polizeilichen Ermittlungen und Aussagen diverser Zeugen führen rasch auf die Spur von Hubert Täuscher, den Clara als ihren Verlobten ansah. Überzeugt von dessen Täterschaft erhebt der Staatsanwalt Anklage, der Prozess wird zu einem großen Ereignis. Die Indizien erscheinen erdrückend, und so wird Hubert Täuscher, Sohn eines reichen Bürstenfabrikanten und schwarzes Schaf der Familie, des Doppelmordes schuldig gesprochen, obgleich er die Tat beharrlich leugnet. Ein Gnadengesuch wird abgelehnt, das Todesurteil vollstreckt. Doch geschah dies zu Recht?
Spannend und psychologisch meisterhaft erzählt Andrea Maria Schenkel von Opfern, Tätern und Ermittlern, von geistiger Engstirnigkeit, von Leidenschaft und Verrat.

Andrea Maria Schenkel, geboren 1962, lebt in Regensburg und zeitweise in New York. Mit ihrem Debütroman ›Tannöd‹ (2006) landete sie auf Anhieb einen mehrfach ausgezeichneten Bestseller. Für ›Kalteis‹ (2007) erhielt die Autorin zum zweiten Mal in Folge den Deutschen Krimi Preis. Es folgten weitere Romane, zuletzt ›Finsterau‹ (dtv 21496).

ANDREA MARIA SCHENKEL

TÄUSCHER

Kriminalroman

Deutscher Taschenbuch Verlag

Ausführliche Informationen über
unsre Autoren und Bücher
finden Sie auf unserer Website
www.dtv.de

Ungekürzte Ausgabe 2015

Umschlagkonzept Balk & Brumshagen
Umschlaggestaltung nach einem Entwurf von Katrin Steigenberger
unter Verwendung eines Fotos von
plainpicture/Anja Weber-Decker
Satz: Dörlemann Satz, Lemförde
Druck und Bindung: Druckerei C.H.Beck, Nördlingen
Gedruckt auf säurefreiem, chlorfrei gebleichtem Papier
Printed in Germany · ISBN 978-3-423-21574-9

Dienstag, 14. März 1922,
Landshut, Königsfeldergasse,
Kreszentia und Josef Wurzer,
10.15 Uhr nachts

»In einen solchen brutalen Film bringst mich nicht mehr rein, Josef, das sag ich dir.« Kreszentia Wurzer lag neben ihrem Mann im Bett, die Arme über der Bettdecke verschränkt.

»Jetzt hab dich nicht so, Zenzerl, war doch alles halb so schlimm.«

»Du, du bist ja bei der Polizei, da ist das normal, aber ich bin jetzt noch ganz aufgewühlt. Wie der Dolch am Boden gelegen ist und das Blut nur so runtertropft ist.«

Josef Wurzer drehte sich im Bett zur Seite und sah seine Frau im Halbdunkel an. »Jetzt übertreibst aber, wie kann das Blut runtertropfen, wenn der Dolch am Boden liegt? Tropfen kann's nur, wenn was in der Höhe ist, deshalb heißt es ja auch heruntertropfen.«

»Ich übertreib nicht, Josef. In dem Film hat man doch sehen können, wie das Blut auf den Boden runter ist, dann ist es halt nicht getropft, sondern geflossen, wo ist da der Unterschied? Aber weißt, was für mich am schlimmsten war? Wie der Wind die Tür zur Terrasse aufgestoßen hat, als die Gräfin ganz allein im Zimmer war. Und wie sie zur Tür hin ist und sie hat schließen wollen und plötzlich der Mörder vor ihr steht. Wie die da g'schaut hat, das Gesicht ganz groß auf der Leinwand. Die Augen hat s' aufgerissen. Da ist mir das Blut in den Adern gefroren.«

»Das hab ich gemerkt, du hast ja auch aufgeschrien.« Josef Wurzer setzte sich im Bett auf und schaltete die Nachttischlampe ein.

»Ja, das war so echt. Glaubst du, der hat die Gräfin wirklich umgebracht? Ich kann mir gar nicht vorstellen, dass man so was so spielen kann.«

»Jetzt bist aber schon recht naiv. Wenn bei jedem Kriminalfilm die Schauspieler umgebracht würden, dann gäb's bald keine Schauspieler mehr, und wir wüssten vor lauter Arbeit nicht mehr, wohin.«

»Ja, aber ... so, wie die g'schaut hat und wie sie die Augen aufgerissen hat, das kann man doch nicht spielen.«

»Zenzerl, das ist denen ihr Beruf, die lernen das. Ich hab gehört, da gibt's richtige Schauspielschulen dafür. In Berlin, sogar in München gibt's das. Da lernst, wie du schauen musst, wenn dich einer im Film umbringt. Von der Pike auf lernst du das.«

»Ach geh, Josef, was du nicht alles hörst. Aber mich hat's trotzdem gegruselt.«

Josef Wurzer schaltete die Nachttischlampe wieder aus, konnte jedoch nicht einschlafen.

»Was ganz was anders. Woher kennst denn du die Platzanweiserin im Zweibrücken?«

»Die kennst doch du auch, das ist die Schmittner, der alten Frau Schmittner ihre Tochter.«

»Schmittner? Schmittner? Das sagt mir nichts.«

»Du bist aber auch ein Patsch, natürlich kennst du sie, Josef, die hat doch mit deiner Mutter immer als Wäscherin gearbeitet, bei der Frau Kommerzienrat Auer.«

»Und das ist der ihre Tochter? Die hätt ich nicht mehr gekannt. Ist die nicht mit einem Eisenbahner verheiratet?«

Nun war es Kreszentia Wurzer, die ihrerseits die Nachttischlampe einschaltete und sich im Bett aufsetzte. »Ach, du passt aber schon gar nicht auf! Ihr Schwiegervater war ein Eisenbahner, und verheiratet ist sie auch nicht mehr.«

»Ist sie Witwe?«

»Nein, eine Geschiedene ist sie. Die hat so in den Dreck reingelangt, das kannst dir gar nicht vorstellen. Geschlagen hat er sie und ausgeschmiert. Die war keine drei Wochen mit dem verheiratet, da ist sie ihm davongelaufen. Heim zu ihren Eltern.«

»Und jetzt arbeitet s' im Zweibrücken als Platzanweiserin?«

»Und ich glaub, bedienen tut s' auch noch irgendwo. Der hat Schulden auf ihren Namen gemacht. Das war unglaublich.«

»So, Zenzerl, jetzt schlafen wir aber, ich bin müde. Die Nacht ist gleich um, und ich muss in der Früh wieder zum Dienst.«

»Ich weiß aber nicht, ob ich einschlafen kann. Immer wenn ich die Augen zumach, seh ich das Gesicht von der Gräfin.«

»Dann rutsch halt rüber. Ich halt dich fest, dann kann dir nichts passieren, du bist ja zum Glück mit einem Kriminaler verheiratet.«

Kreszentia Wurzer schaltete das Licht aus und rutschte über die Besucherritze hinüber ins Bett zu ihrem Mann.

»Gell, Josef, so was passiert bei uns in Landshut nicht. Das ist nur Kino.«

»Nein, Zenzerl, da brauchst keine Angst haben, bei uns in Landshut passiert so was nicht, da passen wir schon auf. Und jetzt schlaf.«

Samstag, 1. April 1922,
Polizeipräsidium Landshut,
Kriminaloberwachtmeister Johann Huther,
10 Uhr vormittags

Zwei Wochen vor Ostern spielte das Wetter in diesem Jahr verrückt. Am Donnerstag hatte es geschneit, und auch wenn der Schnee noch am selben Tag durch den Regen weggewaschen worden war, war es doch viel zu kalt. Als Kriminaloberwachtmeister Johann Huther am Samstagmorgen das Haus verließ, sah es für kurze Zeit so aus, als würde der Himmel etwas aufklaren. Im Flur seiner Wohnung zögerte er einen Augenblick, streckte die Hand bereits nach dem neben der Wohnungstür an der Garderobe lehnenden Schirm aus, ließ sich aber dann von den Sonnenstrahlen, die durch das Fenster hereinfielen, umstimmen und verließ das Haus ohne Regenschirm. Wenig später bereute er diese Entscheidung. Auf dem Weg zum Dienst fing es unvermittelt an, wie aus Eimern zu gießen. Völlig durchnässt und übellaunig kam er schließlich auf der Polizeiwache an.

Seine Stimmung verbesserte sich auch nach Dienstbeginn nicht, Huther saß an seinem Schreibtisch und blickte hinüber zum Mantel, der neben der Tür hing. Auf dem

Holzboden hatte sich eine Wasserlache gebildet, die Dielen sogen langsam die Feuchtigkeit auf und färbten sich dunkel. Der Kriminaloberwachtmeister wendete den Kopf und sah zu den beiden Frauenspersonen hinüber, die ihm gegenüber Platz genommen hatten. Er fühlte sich nicht wohl in seiner Haut, hatte schlecht geschlafen. Daran konnte auch die Tasse Malzkaffee nichts ändern, die zur Hälfte ausgetrunken vor ihm auf dem Schreibtisch stand.

Das jüngste seiner drei Kinder zahnte, sein Wimmern und Weinen hatte die ganze Nacht angehalten und war bis in den letzten Winkel der kleinen Zweizimmerwohnung zu hören gewesen. Erst in der Frühe, als das Kind endlich ruhiger geworden war, war er für kurze Zeit eingeschlafen.

Auch der Morgen schien schon kurz nach dem Aufstehen nur weiteres Unbill zu bringen; als hätten die durchwachte Nacht und das schreiende Kind nicht ausgereicht, war auch noch das Etagenklosett besetzt gewesen, welches sie sich mit den anderen Familien desselben Stockwerks teilten. Er musste zum Dienst, hatte keine Zeit zu warten, und so fand er sich nun in einem ganz und gar unpässlichen Zustand hinter seinem Schreibtisch wieder. Ein Blick auf die ihm gegenübersitzenden Frauen genügte, um zu ahnen, dass sich seine Lage auch in absehbarer Zeit nicht verbessern würde. Er würde bis auf weiteres auf seinem Stuhl hinter dem Schreibtisch festsitzen, mit schnürenden Schmerzen in den Eingeweiden und keinerlei Aussicht auf Erleichterung. Diese Erkenntnis dämpfte Huthers Stimmung noch mehr, und Resignation breitete sich wie ein Mantel über ihn aus.

Die beiden Weiberleut gackerten wie aufgeregte Hühner durcheinander. »Megären«, sagte er leise zu sich selbst.

Gleich nach Dienstbeginn, er hatte den Mantel aufgehängt und wollte gerade die Waschräume der Wache aufsuchen, waren sie hier in seinem Büro aufgetaucht. Erwin Weinbeck, Huthers junger Kollege, hatte die Frauen ins Zimmer geführt; nach Meinung des übereifrigen Jungspunds lag der Verdacht nahe, dass es sich bei dem durch die beiden Damen Angezeigten um ein Verbrechen handelte, oder zumindest um einen ungewöhnlichen Vorfall, der in diese Richtung verwies. Huther war die dienstbeflissene Art, in der der Anwärter seinen Verdacht vorbrachte, zuwider, darüber hinaus interessierte er sich schon an Tagen, an denen er in weitaus besserer Stimmung war als heute, nicht im Geringsten für die Vorahnungen oder vagen Mutmaßungen seiner Kollegen. Diese neigten seiner Auffassung nach dazu, das Verbrechen überall zu sehen. Der Kriminaloberwachtmeister führte ihren Eifer auf die wachsende Begeisterung der Jugend für das Kino und die darin gezeigten Detektiv- und Kriminalfilme zurück. Selbst hier in Landshut wuchsen an jeder Ecke neumodische Lichtspielhäuser aus dem Boden. Kein Wunder, dass alle Welt hysterisch wurde und glaubte, hinter jedem Vorfall stecke gleich das große Verbrechen, das Ewigböse, welches nur auf Aufklärung warte.

Huther räusperte sich, strich mit der Linken über sein Sakko und holte mit der Rechten seine Uhr aus der Jackentasche. Zehn Minuten nach zehn. Er räusperte sich erneut, diesmal etwas lauter. Und tatsächlich, die Damen hielten für einen Moment inne.

Johann Huther nutzte die Gelegenheit. »Meine Damen, sind S' doch nicht so erhitzt, beruhigen Sie sich. Schnaufen S' gut durch und erzählen mir alles noch einmal der Reihe nach. Und wenn ich bitten darf, eine nach der anderen und nicht gleichzeitig.«

Auguste Kölbl und Bertha Beer, die beiden Frauen auf der anderen Seite des Schreibtisches, rutschten aufgeregt auf ihren Stühlen hin und her.

Bertha Beer fing als Erste zu sprechen an. »Also, es verhält sich so, Herr Kommissär …«

»Kriminaloberwachtmeister«, warf Huther mit einer besonderen Betonung auf »Kriminal« und »ober« ein. Bertha ihrerseits machte mit der Hand eine Bewegung, als würde sie den Einwand wie ein lästiges Insekt wegwischen, und fuhr einfach fort.

»Ich habe mich bei den beiden Damen Ganslmeier in der Neustadt eingemietet.« Dann eine kleine Pause, in der sie ein wenig affektiert in ihr Taschentusch hüstelte. »Ich bin zurzeit in der Schirmgasse bei meiner Schwester Auguste wohnhaft. Aber das habe ich dem Herrn im Vorzimmer ja schon erzählt. Die Wohnung dort ist arg eng, und da hat es sich gut getroffen, dass das Fräulein Ganslmeier mir ein leerstehendes Zimmer in ihrer Wohnung untervermietet hat. Die Gustl«, sie warf einen Blick auf die neben ihr Sitzende, »ist mit der Clara Ganslmeier gut bekannt, beide sind s' beim katholischen Frauenliederkreis. Dieser Umstand setzt schon ein gewisses Niveau voraus, und darum hat das Fräulein Ganslmeier uns das Zimmer auch angeboten. Man kann heutzutage ja niemanden mehr trauen, Herr Kommissär.«

Während Bertha Beer sprach, nestelte Auguste Kölbl am Verschluss ihrer Tasche; ermuntert durch einen kleinen Stups der Schwester, fing nun auch sie zu reden an.

»Die Bertha und ich, wir haben uns noch am Mittwoch

mit der Clara, ich meine, dem Fräulein Ganslmeier, getroffen und das Zimmer in Augenschein genommen.«

»Kannst ruhig lauter reden, musst nicht so gschamig rumsitzen, der Herr Kommissär kann dich sonst nicht richtig hören«, fiel ihr Bertha Beer ins Wort und fuhr an ihrer Stelle fort.

»Am 29. war das, und ausgemacht war, dass wir am nächsten Tag wieder vorbeischauen und die weiteren Modalitäten bereden. Darum sind wir am 30. März gegen halb sieben am Abend noch mal in der Wohnung vorbei. Wissen S', ich arbeite nämlich als Kassiererin, da kann ich erst weg, wenn wir zugesperrt und abgerechnet haben. Das geht nicht eher, da war ich eh schon früh dran. Meine Schwester hat mich abgeholt, und wir sind gemeinsam in die Neustadt. Die Haustür unten war offen. Der Gustl hab ich gleich gesagt, dass das so nicht geht! Herr Kommissär, wenn ich spät heimkomm, gerade im Winter, wenn es draußen schon früh dunkel ist, ist mir das nicht geheuer, wenn ein jeder sich in der Nacht im Stiegenhaus herumtreiben kann. Jeden Tag kann man in der Zeitung lesen, was so alles passiert in der Welt. Es ist schrecklich, und ich weiß nicht, wo das noch hinführt. Und unsere Regierung? Nichts machen die Herren, nichts.«

Auguste Kölbl nickte leicht, und ihre Schwester erzählte sogleich weiter.

»Wir sind dann hinauf in die dritte Etage, gleich unter dem Dach, und haben an der Wohnungstür geklingelt. Aber in der Wohnung hat sich nichts gerührt. Mucksmäuschenstill war's, und als auch nach mehrmaligem Klingeln keiner aufgemacht hat, sind wir unverrichteter Dinge wieder gegangen. Verstimmt war ich schon, da hätte ich mich nicht so hudeln brauchen mit der Abrechnung, wenn eh keiner daheim ist.«

»Ich hab mir gedacht, die Clara wird sich halt verspätet haben, das hab ich auch so meiner Schwester, der Bertha, gesagt.«

Auguste Kölbl sprach so leise, dass der Beamte sich schwertat, ihr zu folgen.

»Die Clara hatte mir am Nachmittag ausrichten lassen, dass sie einspringen muss bei der rhythmischen Sportgymnastik, für die Frau Esslinger, die macht sonst immer die Klavierbegleitung. Aber wegen einem Trauerfall in der Familie ist die Esslinger ausgefallen, und die Clara war so nett, die Stunde zu übernehmen. Deshalb hab ich geglaubt, sie wird halt nicht rechtzeitig von dort weggekommen sein. Sie ist in solchen Dingen immer sehr akkurat.«

Huther fühlte sich noch immer um keinen Deut besser. Ihm dauerte das ganze Gespräch bereits zu lange, er fing an, ungeduldig zu werden, er hatte weder Lust noch Muße, seine Zeit so zu vergeuden.

»Meine Damen, könnten Sie sich bitte etwas kürzer fassen! Wir wollen doch heute noch fertig werden, oder?«

Bertha Beer sah ihn tadelnd an. Ihr Nasenrücken war sehr schmal, die Augen zu eng beieinander, beides verlieh ihrem Gesicht etwas Vogelartiges. Sie richtete sich in ihrem Stuhl auf, Huther kam es vor, als plusterte sie sich auf, um größer zu erscheinen.

»Gestern, am Freitag, haben wir es dann wieder versucht. Gleich nach der Arbeit hatte ich mich mit der Gustl zusammenbestellt, und wir sind hinüber in die Neustadt. Aber auch diesmal hat uns keiner aufgemacht. Also, wissen S', Herr Kommissär …«

»Kriminaloberwachtmeister«, warf Huther ein.

»Herr Kriminaloberwachtmeister«, berichtigte sich Bertha Beer, und ihre Stimme hatte jetzt einen spitzen, gereizten Unterton. »Ich hab das nicht verstehen können. Als Mietbeginn war der erste April ausgemacht, und die Ganslmeier, die hat doch gewusst, dass wir vorbeischauen würden. Sie selbst hat mich doch richtig gedrängt. Gesagt hat s', ich soll nur recht bald in die Wohnung einziehen. Nicht mehr wohl fühlen würde sie sich, so auf sich gestellt mit der kranken Mutter. Erst jammern, und dann macht keiner auf!«

Verärgert wandte sie sich an ihre Schwester. »Sag doch auch was, Gustl. Sitz doch nicht immer so dasig da!«

»Die Bertha hat recht, wir machen uns halt Sorgen, denn seltsam ist das schon, dass nie einer da ist.«

»Wissen S', wir haben doch gesehen, wie malade die alte Ganslmeier beieinander war. Die Clara hat uns am Mittwoch noch vorgegreint, nur ein paar kurze Besorgungen könne sie erledigen, weil doch die Mutter nun schon seit Wochen bettlägrig sei. Alleine lassen, das ginge gar nicht! Genau das waren ihre Worte, ›Alleine lassen geht gar nicht‹, und was für eine Entlastung es für sie wäre, wenn noch jemand in der Wohnung wäre und vielleicht auch einmal nach der Mutter schauen könnte. Verstehen S' jetzt, Herr Kommissär, warum ich nicht weiß, was ich davon zu halten hab?«

Huther schien es, als würden Bertha Beers Augen im Laufe der Unterhaltung zusammenrücken, ihr Gesicht wurde dem eines Raubvogels immer ähnlicher.

»Heute, am Samstag, da habe ich meinen freien Tag, und so bin ich gleich in der Früh mit meiner Schwester hinüber in die Neustadt. Um halb acht waren wir da. Ein allerletztes Mal wollten wir es versuchen, und stellen S' sich vor, auch diesmal hat uns keiner die Tür aufgemacht. So geht das jetzt schon den dritten Tag hintereinander, Herr Kommissär!«

Bertha Beer wurde immer lauter und heftiger, während ihre Schwester Auguste mehr und mehr in ihrem Stuhl zusammenschrumpfte.

»Wir haben geklingelt, geklopft und auch gerufen, aber keiner hat uns geöffnet!«

Sie holte wieder ihr Schnäuztuch aus der Tasche und fuhr fort.

»Wenn S' mich fragen – so, wie es aussieht, ist die Clara weggefahren und hat ihre Mutter hilflos in der Wohnung zurückgelassen. Von so was hört man doch immer wieder, und in Landshut ist es ja ein offenes Geheimnis, dass die junge Ganslmeier seit über einem Jahr ein Techtelmechtel mit einem jüngeren Mann hat, dem Hubert Täuscher von der Bürstenfabrikation Täuscher. Ganz verliebt ist s' in den Hubert. In der ganzen Stadt erzählt man sich, sie soll sich sogar mit ihm verlobt haben. So ist das, wenn man in späten Jahren Feuer fängt, die Clara hat halt schon geglaubt, sie würde übrig bleiben, als alte verdörrte Jungfer enden. Nach dem Krieg ist die Auswahl schon recht eingeschränkt, und ein jeder wäre für sie ja auch nicht in Betracht gekommen. Da ist der Hubert schon richtig, der stammt aus einer angesehenen Familie. Auch wenn ich ja eher glaub, dass er ein Weiberer ist und ein rechter Strizzi! Zur Gustl hab ich gesagt, die ist mit dem ein paar Tage weggefahren. Ja, da brauchen S' mich gar nicht so ungläubig anschauen – nach allem, was ich gehört hab, da zählt man eins und eins zusammen. Da wäre sie nicht die Erste, die wegfährt und die alte Mutter in der Wohnung zurücklässt. Lesen S' keine Zeitung?«

Bertha schnäuzte sich laut, um gleich darauf fortzufahren.

»Das hat auch die Frau Zahlmeister Schmidt gemeint, die wohnt unter der Familie Ganslmeier.«

Huther schnaufte auf, sein Bauchschneiden hatte etwas nachgelassen, und wie er hoffte, würden sich die Ausführungen langsam dem Ende nähern.

»Herrgott, kannst vielleicht auch einmal was sagen, Gustl! Lass mich doch nicht die ganze Zeit alleine mit dem Herrn reden!«

Bertha Beer stieß ihre Schwester mit dem Ellbogen an, diese erwachte daraufhin wieder aus ihrer Lethargie, zumindest richtete sie sich in ihrem Stuhl etwas auf.

»Was soll ich sagen, wir haben geklopft und gerufen, aber in der Wohnung ist es ganz still geblieben. Nachdem uns wieder keiner aufgemacht hat, sind wir runter zur Frau Schmidt.«

Auguste Kölbl hatte den Blick gesenkt und spielte, wie schon die ganze Zeit, weiter am Verschluss ihrer Tasche.

»Zuerst hat die Frau Schmidt es gar nicht glauben können, dass keiner aufmacht. Wie die Bertha aber nicht nachgelassen hat und ihr erzählt hat, dass wir es nun schon seit Tagen versuchen, da ist es ihr mit einem Mal auch seltsam vorgekommen. Und nach einer Weile hat sie gesagt, dass es schon richtig ist, denn seit ein paar Tagen ist es ungewöhnlich ruhig droben in der Wohnung bei der Familie Ganslmeier.«

Auguste vermied es, Huther auch nur ein einziges Mal

anzusehen, während sie sprach. Irgendwie tat sie ihm leid, er zweifelte nicht einen Moment daran, dass sie froh und glücklich wäre, ihre zänkische Schwester endlich aus dem Haus zu haben.

»Die Bertha hat sie gefragt, ob Clara eventuell mit dem Täuscher weggefahren ist?«

»Aber das hat sich die Schmidt gar nicht vorstellen können, weil doch das Fräulein Clara immer so besorgt um die Mutter ist, und einfach wegfahren, das wär überhaupt nicht ihre Art. Dass ich nicht lach!«, echauffierte sich Bertha Beer, die erneut das Gespräch an sich gerissen hatte. »Herr Kommissär, da muss die Polizei nach dem Rechten schauen.«

Huther öffnete den Mund, wollte etwas sagen, aber sie schnitt ihm das Wort ab. »Und der Schmidt ist noch etwas anderes aufgefallen. Am Donnerstag so gegen fünf, am Nachmittag, da hat sie das letzte Mal etwas aus der Wohnung über ihr gehört. Plötzlich ist es ganz laut gewesen droben, aber nur für kurze Zeit. Sie hat Stimmen gehört, und dazwischen hat jemand laut gerufen, und gleich darauf war ihr, als ob oben in der Wohnung etwas über den Boden gerückt oder geschleift wird. Seitdem ist es still, geradezu totenstill. Dass es in der Wohnung auch einmal lauter zuging, daran ist die Schmidt gewöhnt, schon wegen dem Klavier und den vielen Besuchern, aber die Stille? Die ist ungewöhnlich, sagt sie.«

Bertha Beer war am Ende ihrer Ausführungen angekommen und sah Huther erwartungsvoll an, auch Auguste Kölbl hatte aufgehört, an ihrer Tasche zu nesteln. Johann Huther wartete einen kurzen Augenblick, stand dann von seinem Stuhl auf und ging ins Nebenzimmer. Dort sprach er mit Erwin Weinbeck, dem jungen Kollegen, der ihm die beiden Damen ins Zimmer geführt hatte, und gab diesem den Auftrag, die paar Schritte die Neustadt hinauf zu gehen und nach dem Rechten zu sehen. Bertha Beer erklärte sich sofort bereit, mitzukommen, Huther hielt es für unmöglich, sie davon abzuhalten. Außerdem graute ihm vor dem Gedanken, diese Person auch nur eine weitere Minute in seinem Büro ertragen zu müssen. So machte sich der Kollege Weinbeck mit den beiden Damen im Gefolge auf den Weg. Er selbst nutzte die Zeit, sich endgültig seines Bauchschneidens zu entledigen und anschließend eine wohlverdiente Tasse Kaffee zu trinken. Es sollte die letzte in Ruhe getrunkene Tasse Kaffee dieses Tages werden, aber das konnte der Kriminaloberwachtmeister in diesem Augenblick noch nicht ahnen.

Donnerstag, 30. März 1922,
Landshut, Neustadt,
Klavierlehrerin Clara Ganslmeier,
3.54 Uhr nachmittags

»Clara! Clara, wo bist du?«

»Ja, ich komme gleich!«

Clara Ganslmeier hörte die Stimme der Mutter aus deren Schlafzimmer, blieb jedoch am Frisiertisch sitzen und machte keinerlei Anstalten, aufzustehen.

Es hatte Zeit, die Mutter rief wegen jeder Kleinigkeit, sie konnte sich auch einmal gedulden.

Vor ihr lagen mehrere kleine Schmuckschachteln, manche geöffnet, andere geschlossen.

»Clara!«

»Ich hab dich schon gehört, ich bin ja gleich bei dir!«

Wenn sie in der Wohnung nur zu zweit waren, ließ sie in jüngster Zeit die Zimmertüren offen, da die Mutter Angst hatte, Clara könnte ihr Rufen sonst nicht hören.

Hoffentlich wurde sie nicht so, wenn sie alt war. Eine Plage für jeden war die Mutter. Je älter und kränker sie wurde, umso schlimmer war es mit ihr.

Clara hielt kurz inne und nahm die Smaragdohrringe aus der Schachtel. Sie betrachtete sich im Spiegel.

Für ihr Alter hatte sie sich ganz gut gehalten. Trotzdem, lieber nicht so genau hinschauen, sonst sah man nur die Falten. Aber auch die jungen Dinger wurden alt, und wer wusste schon, ob sich die Thea so gut halten würde …

Clara hatte da ihre Zweifel; zeigte sich bei Thea nicht schon ein kleiner bitterer Zug um den Mund, eine winzige Kerbe zwischen Nasenflügel und Mundwinkel? Und das in dem Alter!

Clara betrachtete die Ohrringe, die waren immer wieder schön anzuschauen. Nach und nach hatte sie sie vom Vater geschenkt bekommen.

»Meine kleine Prinzessin« hatte er sie immer genannt, nun war er schon vier Jahre tot. Wenn die Mutter auch noch starb, dann war sie ganz alleine. Die Rente würde wegfallen, und sie war jetzt schon gezwungen, Klavierschüler anzunehmen. Ob das Geld dann ausreichen würde? Sie führte penibel Buch über alle Ausgaben, sparte, wo sie nur konnte. Damit sie für die Esslinger bei der rhythmischen Sportgymnastik einspringen konnte, war sie der Stimmelmeyer Tür und Tor eingerannt.

Erniedrigend war das, aber ein paar Mark waren es auch. Und wenn sie das Zimmer jetzt vermietete, dann hatte sie zwei Fliegen mit einer Klappe geschlagen.

Das Fräulein Beer war berufstätig und den ganzen Tag nicht hier. Sie würde also nicht viel stören. Sie selbst wäre nicht mehr so angebunden und könnte abends hin und wieder mal in ein Konzert oder vielleicht ins Kino mit dem Hubert. Die Beer wäre ja im Haus und die Mutter somit nicht allein. Und der Hubert, den hätte sie dann auch etwas mehr unter Kontrolle. Die Sache mit der Thea hätte damit auch ein Ende. Dieses ständige Hin und Her, die Finger beider Hände reichten nicht aus, so oft hatte Hubert ihr versprochen, dass nun alles vorbei wäre, und genauso häufig war sie ihm wieder auf die Schliche gekommen. Wenn sie nun mehr Zeit hätte, konnte er nicht mehr aus, manche Dinge erledigen sich von allein.

»Frau Clara Täuscher, Bürstenfabrikantengattin.«

Clara lächelte, so schlecht hörte sich das nicht an. Sie musste mit dem Hubert reden, er sollte die Verlobung endlich öffentlich machen. Sie wollte eine große Feier, wie es sich gehörte. Sie hatte es satt, ihre Bekannten sahen sie schon schief an wegen des schlampigen Verhältnisses, und auch der Mutter wollte sie es sagen. Ein jeder, selbst die Thea, wüsste dann, dass beim Hubert nichts mehr zu gewinnen war. Keine Kultiviertheit hatte die Thea, dieser dumme Bauernscherben. Aber naiv schauen konnte sie. Mit Augen, so groß wie ein junges Reh. Clara Ganslmeier war verärgert, wie immer, wenn sie an das Gspusi von Hubert dachte. Hoffärtig bis dorthinaus war die. Was die sich überhaupt einbildete, die Britschn. Ein dahergelaufenes Weiberts war s'. Eine Kontoristin! Ein Büromensch! Pack! Der Hubert und die, unmöglich! Er kam doch aus einem ganz anderen Milieu, aus einer anderen Welt.

Aber Clara würde ihn schon auf den richtigen Weg bringen, davon war sie überzeugt. Nur einen kleinen Schubser brauchte er, einen kleinen Stoß in die richtige Richtung.

»Clara, wo bleibst du denn?«

»Ich bin ja schon hier, Mutter.«

Clara Ganslmeier stand auf und ging hinüber ins Zimmer zur Mutter.

»Was hast dich denn so fein gemacht? Bekommst noch Besuch?«

»Ja, der Hubert kommt vorbei.«

»Der wer? Ich hab dich nicht verstanden, Kind, du musst lauter sprechen.«

»Der Hubert!«

»Der junge Herr von der Bürstenfabrik? Der lernt das Klavierspielen doch nie, so wie der sich anstellt. Der ist nichts für dich, Kind, glaub mir. Du in deinem Alter, du brauchst was Solides, einen vermögenden Witwer. Da ist doch immer dieser feine Herr gekommen. Wie hieß er denn gleich … Der Name liegt mir auf der Zunge, aber ich komm schon noch drauf. Mit so einem Schwiegersohn, da könnt ich endlich in Ruhe die Augen zumachen und braucht mich nicht weiter grämen.«

»Mutter!«

»Glaubst, weil ich alt und krank bin, bin ich deppert im Kopf? Und sag deinem Hubert, er braucht mir nicht wieder die Schokoladenpralinees bringen. Die stopfen.«

»Ja, Mutter, aber er hat's nur gut gemeint.«

»Nur gut gemeint – wenn ich das schon hör. Was für Chancen du gehabt hast, Kind! Überlurrt hast es. Du hättest vor dem Krieg nicht so wählerisch sein sollen. Eine der ersten Partien in Landshut bist gewesen. Ich hab's deinem Vater immer gesagt, aber der hat nicht hingehört, genau wie du.«

Elsa Ganslmeier zog das Bettjäckchen ein wenig zusammen.

»Schönheit vergeht, davon kann man nicht runterbeißen im Alter. Und dass du es nicht vergisst, ich brauch noch eine Wärmflasche. Da nimmst am besten die Karlsbader, die hat der Vater eingekauft. Sonst friert mich wieder die ganze Nacht. Ihr jungen Leut, ihr habt ja noch Hitzen, aber komm erst mal in mein Alter.«

»Mutter, ich muss jetzt los.«

Clara Ganslmeier zupfte die Bettdecke der Mutter zurecht und nahm das Wasserglas vom Nachttisch.

Doch Elsa Ganslmeier kümmerte sich nicht darum und sprach einfach weiter.

»Dein Vater, Gott hab ihn selig, der kam aus einer angesehenen Familie. Der Großvater hatte in München noch unter König Ludwig I. gedient. Zu der Zeit hat bei Hof noch jeder Uniform getragen. Keiner durfte dem König ohne angemessene Bekleidung unter die Augen treten. Die waren nicht so gschlampig angezogen wie heute. Es gab die kleine Uniform, dann den Frack, und bei besonderen Gelegenheiten wurde das Degengehänge mit Degen angelegt.«

»Mutter, ich weiß, du hast es schon so oft erzählt. Und zur Geburt vom Vater bekam die Großmutter ein kleines Brevier zur Erbauung. Von der Königin Therese höchstpersönlich unterschrieben und mit den besten Wünschen für Mutter und Kind.«

»Da brauchst gar nicht so schnaufen, Clara. Damals legte man noch Wert auf Etikette, aber heuzutage? Schau dich doch um, nicht mehr schön ist es auf dieser Welt, nicht mehr schön. Und das Geld wird auch immer weniger wert.«

»Brauchst du noch was, ich geh jetzt über die Gasse zum Metzger.«

»Ja, geh nur, Kind, und denk bitte an die Wärmflasche. Wo gehst denn hin, und bis wann bist denn wieder da?«

»Ich bin gleich wieder da, Mutter. Ich geh nur schnell zum Metzger. Ich bin keine zehn Minuten weg.«

Samstag, 1. April 1922,
Polizeipräsidium Landshut,
Kriminaloberwachtmeister Johann Huther,
12.47 Uhr mittags

Johann Huther hatte gerade wieder an seinem Schreibtisch Platz genommen, als Erwin Weinbeck ohne anzuklopfen und völlig außer Atem ins Zimmer stürmte. Die Kassiererin habe recht gehabt, und sie hätten die alte Frau Ganslmeier gefunden, aber für die komme jede Hilfe zu spät. Alles sei schrecklich, Huther solle sofort selbst in die Neustadt. Er habe schon den Kollegen Wurzer alarmiert, der wohne nur ein paar Häuser weiter und habe heute Bereitschaft. Auch die Gendarmen seien schon vor Ort, damit keiner in die Wohnung komme. Er selbst sei wieder hierher, um ihn zu holen, damit alles möglichst schnell gehe.

Ohne Zeit zu verlieren und die weiteren Ausführungen Weinbecks abzuwarten, riss Huther Hut und Mantel von der Garderobe, zog beides im Laufen an und eilte hinüber in die Neustadt.

Die Nachricht, dass in der Ganslmeier'schen Wohnung etwas passiert sein musste, hatte sich bereits im ganzen Haus verbreitet. Im engen Stiegenhaus standen die Bewohner dicht gedrängt. Huther bahnte sich seinen Weg hinauf in den dritten Stock. Dort wartete Kriminalwachtmeister Josef Wurzer vor der Wohnung.

»Ist die Gerichtskommission schon da?«

Ganz außer Atem, hielt Huther sich nicht lange mit einer Begrüßung auf.

»Noch nicht, aber die Herren sind unterwegs«, gab Wurzer ihm zur Antwort.

»Wer ist dabei?«

»Der Landgerichtsarzt Dr. Steidle, der Dritte Staatsanwalt Dr. Walter und der Herr Bürgermeister. Soweit ich weiß. Der Amtsrichter Kimmerle und der Erste Staatsanwalt Dr. Fersch sind informiert, aber das wird noch dauern, bis die kommen. Der Dr. Fersch hatte heute keinen Dienst, und den Dr. Kimmerle haben wir auch erst ausfindig machen müssen.«

»Gut. Ich geh rein und schau mir die Wohnung an. Den Herren können S' dann ja sagen, dass ich bereits drinnen bin. Wo liegt sie?«

»Wenn S' reingehen, die zweite Tür auf der rechten Gangseite. Von dem Zimmer aus geht's ins Schlafzimmer, und da sehen S' sie dann gleich. Ist kein schöner Anblick.«

»Das hab ich mir schon denken können. Wenn einer verhungert und verdurst', dann ist das nie ein schöner Anblick«, sagte Huther mehr zu sich selbst, aber immer noch laut genug, dass sein Kollege ihm antwortete.

»Die ist nicht verhungert, die haben s' umbracht, aber schaun S' lieber selber. Von der Tochter fehlt jede Spur. Es schaut aus, als ob die Zeugin recht gehabt hat und die junge Ganslmeier ist auf und davon mit ihrem Gspusi. Aber zuerst haben s' der Mutter noch den Garaus gemacht.

Und noch was – was soll aus den beiden Zeuginnen werden? Im Moment sitzen sie unten in der Hausmeisterwohnung, ein Schutzmann ist bei ihnen. Ich hab g'schaut, dass ich sie aus dem Stiegenhaus rausbekomme, die Dantschige hat mir die ganze Nachbarschaft rebellisch gemacht.«

»Lassen S' sie da, bis die Herren von der Kommission kommen, die sollen dann entscheiden. Ich hatte heute schon das Vergnügen, noch einmal brauch ich das nicht.«

Die Diele wirkte düster, gerade groß genug für die Garderobe und eine schmale Kommode. Nach rechts schloss sich ein langer Gang an. Huther ging ihn entlang, die Türen an der linken Seite waren alle geschlossen. Die an der Stirnseite des Flures und zu den beiden Zimmern an der gegenüberliegenden Seite standen jeweils einen Spalt offen.

Er ging auf das zweite Zimmer auf der rechten Seite zu. Von dort führte eine weitere Tür in das dahinterliegende Schlafzimmer. Sie war angelehnt. Johann Huther drückte leicht mit der flachen Hand gegen das Türblatt, öffnete sie ganz, blieb im Türrahmen stehen, ohne den Raum selbst zu betreten.

Das Zimmer war spärlich möbliert. Ein eintüriger Schrank, eine Kommode, ein Sekretär, ein Bett, daneben ein kleiner Kanonenofen. Die beiden unteren Schubladen der Kommode waren ein Stück aufgezogen, ebenso die des Sekretärs. Darüber ein Fenster. Trotz der Mittagsstunde kam keine Sonne in das Zimmer, alles lag im Halbdunkel. Vor einer weiteren Tür, die zu einem anderen Raum führte, ein Nachtstuhl. Er ging hinüber zum Bett. Erst hier nahm er den leicht süßlichen, schweren Geruch war.

Elsa Ganslmeier ruhte in halb sitzender Haltung auf ihrer

Bettstatt. In ihrem Rücken mehrere Kissen, die sie stützen sollten. Huther dachte an seine eigene Großmutter, die sich auch nie zum Schlafen hingelegt hatte, angeblich hatte sie sich so mit dem Schnaufen leichtergetan. Solange er sich erinnern konnte, hatte sie nachts im Bett gehustet. Zeit ihres Lebens hatte sie Angst davor gehabt, am nächsten Morgen nicht mehr aufzuwachen, zu ersticken, wenn sie sich flach hinlegte, und nahm es lieber in Kauf, schlecht zu schlafen. Irrglaube – als wenn man nicht auch im Sitzen ersticken könnte, gerade wie er es als Kind lange Zeit vermieden hatte, seine Hände über der Bettdecke zu falten, da es ihn an die aufgebahrten Toten erinnerte, wie sie dalagen, mit Rosenkränzen in den verschränkten Händen. Der Tod hatte seine Großmutter schließlich mitten am helllichten Tag auf einer Bank im Garten sitzend geholt. Sie war friedlich in der warmen Frühlingssonne eingeschlafen.

Eine Gnade, die Elsa Ganslmeier nicht gewährt worden war. Der Kopf der alten Frau war mit einem Tuch verhüllt, ganz so, als hätten der oder die Täter den Anblick der Toten nicht ertragen. Huther hob das Tuch so weit an, dass er einen Blick auf das Gesicht werfen konnte. Der Geruch nahm ihm fast den Atem. Er zwang sich, beugte sich ganz nah über die Leiche, um sie genauer anzusehen. Im Mund steckte ein Knebel. Der Stoff war blutig, auch auf der Unterlippe war Blutschorf sichtbar, ebenso am Mundwinkel. Ein Auge war geschlossen, das andere leicht geöffnet. Huther ließ das Tuch wieder über das Gesicht fallen. Er richtete sich auf, trat einen Schritt zurück. Ihm fiel auf, dass die Hände der Leiche in ein Tuch gewickelt waren.

Ihre Bettdecke war etwas verrutscht und gab den Blick

ein kleines Stück weit auf den Unterkörper frei. Huther sah die mit Strümpfen bekleideten Beine. Er schob die Decke ein wenig weiter zur Seite. Auf dem Leib lag eine Karlsbader Wärmflasche. Die Tote trug zwei leichte Strickjacken übereinander. Am Ausschnitt und an den Ärmeln lugten noch ein Flanell-Leibchen und ein gestricktes Oberhemd hervor. Alles sah danach aus, als hätte sich die alte Dame gerade zu Bett begeben, vielleicht war sie sogar schon ein wenig eingenickt, als sie wenig später gewaltsam zu Tode gekommen war. Neben dem Bett, auf einem kleinen Tischchen, stand ein Glas mit Wasser.

Huther blieb noch einen kurzen Augenblick vor dem Bett stehen, dann drehte er sich um, verließ den Raum und ging hinaus in den Gang und von dort hinüber in das Zimmer, das an der Stirnseite des Flures lag.

Er war im Salon. Dieses altmodische Wort drängte sich ihm auf, als er den Raum betrat. Er war sich sicher, die Ermordete hätte das Wohnzimmer so genannt, auch als Reminiszenz an eine untergegangene Zeit. Alles machte einen leicht abgewohnten, aber trotzdem gefälligen Eindruck. Selbst kleinste Dinge waren liebevoll und ordentlich arrangiert, und doch sah es aus, als hätte jemand den Raum überstürzt verlassen.

Schräg über Eck stand das geöffnete Klavier. Davor in einiger Entfernung der Hocker, der Klavierspieler musste ihn im Aufstehen zur Seite gestoßen haben. Ganz so, als wäre er nur kurz und in Eile hinaus, um gleich wieder zurückzukommen und weiterzuspielen. Das Notenbuch lag aufgeschlagen: »Melodie von Rubinstein, *Liebesfeier*«.

Die zwei Fenster des Zimmers gingen zur Neustadt hinaus. Davor stand in einigem Abstand mit der Rückenlehne zur Fensterwand eine Chaiselongue. Daneben zwei Clubsessel und ein achteckiges Tischchen. Huther ging hinüber. Das Tischchen war mit einer weißen Serviette gedeckt. Darauf eine Zuckerdose, zwei Glastellerchen, auf dem einen vier Zigaretten, ungewöhnlich lang und schlank, auf dem anderen zwei dünne Zitronenscheibchen.

Ein geblümter Steingutteller mit Keksen und Pralinees, sowie zwei Teetassen mit blauem Zwiebelmuster und passende Untertassen. Eine der beiden Teetassen war leer, zwei Scheiben Zitrone lagen auf ihrem Grund. Die andere war zur Hälfte ausgetrunken. Auf der Oberfläche der Flüssigkeit hatte sich eine von dunkelbraun ins Grüne schillernde Haut gebildet. Die benutzte Teekanne stand etwas abseits auf dem Serviertischchen.

Die Tote im Schlafzimmer, das Teegeschirr, der Klavierhocker – nichts passte zusammen. Warum sollte die Tochter der Ermordeten in aller Seelenruhe einen Besucher empfangen? Und wann war der gekommen, vor oder nach der Tat? Tee trinken Tür an Tür mit der Toten? Wollte sie sich der leidig gewordenen Mutter entledigen, hätte sie es dann nicht auf eine andere Art gemacht? Kein Mensch wäre vom Tod einer kranken alten Frau überrascht gewesen.

Während sich Huther im Wohnzimmer umgesehen hatte, war ein Teil der Gerichtskommission eingetroffen.

Huther hielt seine Anwesenheit im Zimmer der Ermordeten für überflüssig. Er hatte gesehen, was er sehen musste, und solange der Erste Staatsanwalt nicht vor Ort war und ausdrücklich nach ihm verlangte, zog er es vor, sich in den restlichen Räumen der Wohnung umzusehen. Das Ergebnis der Kommission würde er spätestens in ein paar Tagen in deren Bericht lesen können.

An der linken Seite des Flures lagen der Reihe nach die Küche, eine Abstellkammer, ein Abort und ein weiteres Zimmer. So, wie es aussah, das Schlafzimmer der Clara Ganslmeier. Alle Zimmer sahen bewohnt, aber ganz und gar nicht danach aus, als wären sie übereilt verlassen worden. Auch konnte er keinen Hinweis auf den Verbleib der Tochter der Ermordeten finden. Huther konnte es sich immer weniger vorstellen, dass Clara Ganslmeier so einfach weggegangen war, weder vor noch nach dem Tod der Mutter.

Er ging über den Flur hinüber in das erste Zimmer auf der rechten Seite. Die Tür stand einen Spalt offen, er öffnete sie ganz. Der Raum war klein, eine Kammer. Auf dem Boden vor einem zweitürigen Schrank lag ein Handtuch. In der Ecke ein einfacher Waschtisch aus Holz, ein Ofen, ein Gestell und unter einem kleinen Fenster ein Bett. Huther nahm an, dass dies die Kammer war, die an Bertha Beer vermietet werden sollte. Die Luft war abgestanden, schwer, auf dem Bett lagen aufgehäuft Kleidungsstücke, Kissen und Decken. In dieser sonst so auf Ordnung und Sauberkeit bedachten Wohnung ein seltsamer Anblick. Huther ging hinüber zum Bett, schob einige Kleidungsstücke und Kissen zur Seite. Nichts, was seine Aufmerksamkeit auch nur im Geringsten erregt hätte.

Er drehte sich um und war ein, zwei Schritte in Richtung Tür gegangen, als er ein Scharren hörte. Er blieb stehen, blickte sich suchend um. Das Geräusch kam aus dem kleinen Kanonenofen. Er ging hinüber, öffnete die gusseiserne Ofentür. Auf dem Rost über dem Aschenschuber saß, ganz in den hintersten Winkel gedrängt, ein verängstigter kleiner Vogel. Der Kriminaloberwachtmeister legte seinen Hut auf das Bett, schob beide Ärmel seines Mantels zurück und griff in das Ofenloch. Er bekam das Tier zu fassen und zog es behutsam heraus.

»Bist durch den Kamin geplumpst, Vogerl. Hast Glück gehabt, dass ich dich gefunden hab.«

Der kleine Körper pulsierte im Rhythmus des schlagenden Herzens in seiner Hand, die Augen verängstigt weit aufgerissen. Beide Hände schützend um das Tier gelegt, ging er hinüber zum Bett. Er beugte sich weit nach vorn, um das Fenster zu öffnen. In einem Augenblick der Unachtsamkeit schlüpfte der Vogel durch seine Hand, fiel flatternd auf die auf dem Bett liegenden Kleider und Kissen. Noch ehe der Kriminaloberwachtmeister ihn greifen konnte, hatte er sich unter dem Haufen verkrochen. Huther griff nach, diesmal konnte er ihn nicht richtig fassen. Das verängstigte Tier zappelte und pickte. Es schlüpfte ein zweites Mal aus der Hand. Diesmal flatterte es auf den Fußboden, verkroch sich unter der Bettstatt. Huther bückte sich, schließlich kniete er sich auf den Boden, beugte sich mit dem Oberkörper ganz weit hinunter, bis er die Dielenbretter berührte. Der Vogel hatte sich ganz nach hinten an die Wand verkrochen. Huther legte sich flach auf den Boden, versuchte den Arm so weit wie möglich auszustrecken. Dicke Staubflusen lagen unter dem Bett. Bis auf eine Stelle, dort waren die Holzdielen dunkel verfärbt, ganz so, als hätten sie Feuchtigkeit in sich aufgesogen. Johann Huther berührte den dunkel schimmernden Fleck. Der Boden fühlte sich pappig, klebrig an. Er sah auf seine Fingerspitzen, stutzte, dann richtete er sich auf. Sein Herz schlug nun genauso heftig, wie das des Vogels in seiner Hand geschlagen hatte. Mit beiden Händen fasste er die

Bettdecke und zog sie mit einem gewaltigen Ruck zur Seite. Er fuhr zurück, ließ den Zipfel der Decke, den er immer noch in den Händen hielt, los. Vor ihm lag Clara Ganslmeier.

Kriminalwachtmeister Wurzer, der wieder vor der Wohnungstür Posten bezogen hatte, hörte, wie Huther nach ihm rief. Gemeinsam schafften sie all die Kleider, Kissen und Decken, die noch auf dem Bett lagen, zur Seite. Die Tote war vollständig bekleidet. Sie trug ein Negligé, seidene Strümpfe und Pumps. Clara lag auf dem Rücken, die Beine am Bettrand entlang, der Oberkörper quer über dem Bett. Die Haltung war unnatürlich, abgewinkelt, so, als hätte jemand die herunterhängenden Beine des Leichnams zurück in die Bettstatt gehievt. Im Gegensatz zur Mutter hatte sie sich mit aller Kraft zur Wehr gesetzt. Überall Schnittwunden an den Händen, vor allem am Daumen und der Innenseite der rechten Hand. Sie musste mit bloßen Händen versucht haben, den Angriff abzuwehren, dem Täter das Messer zu entreißen.

Das Kissen, auf dem der Kopf ruhte, war mit Blut durchtränkt. Ihre Augen standen einen Spalt offen, um den Mund und an den Wangen überall eingetrocknetes Blut. Die Haare der rechten Kopfseite, ebenso die rechte Halsseite, waren blutverschmiert. Am Hals klaffte eine Wunde.

»Oh mein Gott, das ist die Clara!«

Huther drehte sich um, hinter ihm in der Tür stand Bertha Beer.

»Das ist sie! Das ist die Clara! Herrgott im Himmel und Jungfrau Maria, sei ihrer Seele gnädig! Das kann nur einer gewesen sein, das war der Lump, der Hubert! Den müsst ihr finden, nur der kann es gewesen sein!«

»Wie kommt die Zeugin hierher?«

Kriminalwachtmeister Wurzer zuckte mit den Achseln und schaute Huther seinerseits fragend an.

»Herrgott! Wie kommt die Zeugin hierher?« Johann Huther wiederholte die Frage, diesmal lauter. Der Schutzmann, der halb verdeckt hinter Bertha Beer stand, meldete sich zu Wort.

»Die Herren von der Gerichtskommission wollten mit ihr sprechen, darum hab ich sie hochbringen sollen. Ich denke mir, sie sollte die Leiche der alten Frau Ganslmeier identifizieren.«

»Sie sollen nicht denken, Sie sollen die Frau hier rausschaffen!« Huther schnauzte den Polizisten an.

Bertha Beer plärrte immer wieder: »Das war der Täuscher! Der Hubert war's!« Innerhalb kürzester Zeit war die Wohnung gefüllt mit den Nachbarn aus dem Haus. Immer mehr Schaulustige drängten aus dem Stiegenhaus in den engen Flur.

»Sind Sie deppert! Schauen Sie, dass Sie diese Person hier rausschaffen! Wie oft soll ich das jetzt noch sagen?«

Huther brüllte mit hochrotem Kopf den Beamten, der Bertha Beer begleitet hatte, nieder. Der stand da, schneeweiß im Gesicht, und rührte sich nicht, während Bertha Beer unentwegt weiterkreischte.

»Der Hubert, der Täuscher Hubert war's!«

»Herrgottssakrament noch einmal! Schaffen Sie endlich dieses Weiberleut hier raus!« Huthers Stimme überschlug sich.

Kriminalwachtmeister Wurzer fasste sich als Erster, stellte sich zwischen Bertha Beer und Huther, drängte diese zurück in den Gang und schlug der immer hysterischer werdenden Beer die Zimmertür vor der Nase zu. Johann Huther stand derangiert im Raum, das Hemd hing aus der Hose, Mantel, Jackett, alles schmutzig vom Staub.

»Dieses Weib, Zeugin hin oder her, wenn ich die noch einmal sehe, dann kann ich für nix garantieren. Herrgott, muss heute alles schiefgehen?«

Wurzer hob Huthers Hut, der auf den Boden gerollt war, auf.

»Hier, bitte schön, Herr Kriminaloberwachtmeister, der ist am Boden gelegen. Ich glaube, es ist der Ihre.«

»Danke, Wurzer, ich hätte mich nicht so gehenlassen dürfen.«

»Passt schon! Der Dr. Kimmerle ist noch nicht da, und der Dr. Walter ist eh ein unerfahrener Laff.«

Beide warteten im Zimmer mit der Toten, bis sich der Mob vor der Tür langsam durch das Eingreifen der Kollegen der Gendarmerie auflöste. Der Geruch von Verwesung machte sich im Zimmer breit. Huther merkte, wie die Übelkeit in ihm aufstieg. Er verließ die Wohnung und blieb vor der Tür auf der Treppe sitzen, bis die Gerichtskommission ebenfalls alle Sachen zusammengepackt hatte, erst dann ging er zurück in sein Büro.

Elsa und Clara Ganslmeier blieben eine letzte Nacht in der Wohnung, bewacht von zwei Polizisten, die vor der Tür Posten bezogen hatten, ehe sie am anderen Morgen auf den Friedhof verbracht wurden.

Montag, 10. Juli 1922,
Volksgericht Landshut,
erster Verhandlungstag,
7.30 Uhr vormittags

Schon lange vor Beginn der Verhandlung hat sich eine schier unüberschaubare Menge von Sensationshungrigen angesammelt. Vom Landgericht bis zum Gefängnis stehen sie dicht gedrängt. Ganz Landshut ist auf den Beinen, auch aus der näheren und weiteren Umgebung sind die Menschen angereist, um dabei zu sein. Selbst der Morgenzug aus München ist hoffnungslos überfüllt. Nicht einmal das nasskalte Wetter dieses Sommers hält die Neugierigen fern. Die Wartenden ergehen sich in lebhaften, bisweilen hitzigen Debatten über den Prozess und die Tat. Einige besonders Verwegene versuchen, in riskanten Manövern auf Mauern, Zäune und Straßenlaternen zu klettern, getrieben von der vagen Hoffnung, einen Blick auf die Angeklagten werfen zu können.

Das Landgericht selbst ist durch einen Kordon aus Mannschaften der Landespolizei abgeriegelt. Noch nie zuvor war ein derart hohes Aufkommen an Polizeikräften in der Stadt im Einsatz. Nicht einmal während der Zeit der Räterepublik, als doch die Gewalt der Revolution in München jederzeit auch auf die anderen bayerischen Städte hätte übergreifen können. Die Beamten stehen in Zweierreihen um das Gebäude, nur wenige Auserwählte haben eine Zuschauerkarte für den Prozess erhalten, für sie öffnet sich die Absperrung einen Spalt breit, gerade groß genug, um hindurchzuschlüpfen.

Vor der geschlossenen Tür des Sitzungssaals warten sie dann erneut darauf, eingelassen zu werden. Drücken und schieben sich gegenseitig. Mitten im Gerangel zahlreiche Berichterstatter der regionalen und überregionalen Tageszeitungen. Kurz vor acht Uhr öffnet sich die Tür, und jeder der Wartenden versucht, sich so schnell wie möglich hindurchzuzwängen, um auch wirklich einen Platz mit guter Sicht auf die Angeklagten zu erhalten.

Montag, 3. April 1922,
München, Lothringerstraße,
Zimmerwirtin Maria Lederer,
5.30 Uhr morgens

Wie jeden Tag stand Maria Lederer auch heute um halb sechs in der Frühe auf, wusch sich im Schlafzimmer am Waschtisch ab und schlüpfte in das blaue Werktagsgewand. Sie band sich die Schürze um, frisierte sich die Haare streng nach hinten und steckte den langen, dünnen Zopf zum Dutt hoch. Jetzt erst war sie für den Tag zurechtgemacht, sie öffnete das Fenster zum Lüften und ging hinüber in die Küche, um sich die morgendliche Tasse Kaffee aufzubrühen. Während der Topf mit Wasser auf dem Herd langsam zu kochen anfing, zog sie die Vorhänge in der Küche auf und nahm das Tuch vom Kanarienvogelkäfig.

Maria Lederer summte vor sich hin, als sie die Dose mit dem Vogelfutter aus dem Küchenbüfett holte. Vom Flur her hörte sie, wie die Wohnungstür aufgesperrt wurde. Für einen kurzen Moment hielt sie inne, blickte hinüber zur Küchenuhr, fünf nach sechs, gleich danach fiel die Tür ins Schloss. Die Zimmerwirtin schüttete die Vogelkörner vorsichtig in den Futternapf und stellte die Dose wieder an ihren Platz ins Büfett. Der Kanarienvogel hüpfte aufgeregt im Käfig von Stange zu Stange.

»Dir geht's gut, Batzi, gell! Schau, ich stell dir wieder ein schönes Futter rein, und ein frisches Wasser kriegst auch gleich.«

Der Wasserkessel fing zu pfeifen an.

»Ja, ja, nur immer mit der Ruhe, den Käfig müssen wir schon wieder sauber machen, den hast ganz verschissen. Weilst halt immer so einen Dreck machst, Batzi.«

Sie ging hinüber zum Herd und schüttete das kochende Wasser vorsichtig über das Kaffeemehl im Filter. Mit der vom Sonntag übriggebliebenen Hefenudel und einem Haferl frischem Kaffee setzte sie sich neben den Vogelbauer an den Küchentisch.

Als die ersten Strahlen der Morgensonne in den Käfig fielen, fing der Vogel lautstark an zu zwitschern.

Maria Lederer trank ihren Kaffee und hörte zu. Sie bemerkte Thea Schwankl erst, als das Mädchen sie ansprach.

»Frau Lederer, entschuldigen Sie, ich hab gehört, dass Sie in der Küche sind.«

»Mein Gott, haben S' mich jetzt erschreckt, Fräulein Thea, ich hab Sie gar nicht bemerkt.«

»Ich hab den Vogel singen hören, deshalb bin ich herein.«

Thea Schwankl stand im Türrahmen. Verloren sah sie aus.

»Was ist denn mit Ihnen? Sie schauen aus, als ob Ihnen der Leibhaftige über den Weg gelaufen wäre.«

Das Mädchen wollte antworten, schüttelte jedoch nur den Kopf und fing zu weinen an. Die Lederer stand von ihrem Stuhl auf, ging hinüber und nahm Thea Schwankl am Arm. »Kommen S', setzen Sie sich, Fräulein Thea.«

Thea gehorchte und nahm am Fenster Platz. Blass saß sie da, fast schien es der Lederer, als würde sie hinter dem Küchentisch verschwinden, so zerbrechlich sah sie aus. Die Vermieterin trank ihr Haferl Kaffee, dann stellte sie die Tasse hinüber in den Ausguss. Sie ließ dem Mädchen Zeit, bedrängte es nicht, erledigte all die Arbeiten, die sie in der Küche zu verrichten hatte, früher oder später würde das Fräulein Thea zu sprechen anfangen, und sie würde sich dann neben sie auf das Kanapee setzen und zuhören. Maria Lederer vermietete lange genug, es war nicht das erste Mal, dass eines ihrer Zimmerfräulein mit verweinten Augen hier in ihrer Küche saß.

Das Fräulein Thea wohnte seit dem 1. Februar bei ihr in der Lothringerstraße. Die Lederer wusste, dass sie von Landshut nach München gezogen war und dass sie eine Stelle in der Bayerischen Korkfabrik in der Schwanthalerstraße als Kontoristin hatte. Ein anständiges Mädchen, bisher hatte es nichts zu klagen gegeben. Außer gelegentlich an den Wochenenden nie Herrenbesuch. Der Herr, der kam, war immer derselbe, darauf achtete die Lederer. Wechselnde Herrenbekanntschaften brachten nicht nur die Untermieterinnen in Verruf, auch für sie als Zimmerwirtin wäre es kein guter Leumund. Der Bekannte vom Fräulein Thea war elegant gekleidet, die Lederer schätzte ihn auf Anfang zwanzig, das Haar dunkel gescheitelt und nach der neuesten Mode geschnitten. Stets mit Mantel und Hut und Handschuhen. Dass er aus einer guten Familie kam, konnte man sehen, an seiner Kleidung und an den Manieren. Ein bisserl ein Geck war er schon, aber viel besser als die jungen Dutterer, mit denen sich die Zimmerfräulein sonst gerne abgaben. Dampfplauderer mit nichts dahinter. Eine schöne Larve, ein großes Mundwerk und nicht genügend Knöpfe in der Hosentasche, um sich etwas Anständiges zum Essen kaufen zu können, aber angeben wie der Graf Goggs. Der junge Mann schien anders zu sein. Seriöser. Am Sonntag vor zwei Wochen war er sogar mit seinem Vater hier gewesen. Maria Lederer deutete dies als Zeichen, dass es etwas Ernstes war zwischen den beiden. Wie es sich gehörte, hatte ihr das Fräulein die Herren auch vorgestellt. Die Lederer hatte Thea angeboten, mit den Herren doch im Salon Platz zu nehmen. Das war schicklicher, als sie mit aufs Zimmer zu nehmen. Wenig später war das Fräulein in die Küche gekommen, um für die Besucher Tee zu kochen. Nach einer Zitrone hatte sie noch gefragt, da ihr Bekannter zum Tee immer gerne eine Scheibe Zitrone nehme. Das Mädchen wirkte etwas zerstreut, die Vermieterin führte diese Nervosität auf den Besuch des Vaters zurück. Später, Maria Lederer wollte gerade zur Abendandacht aufbrechen, liefen ihr die Besucher noch einmal im Gang über den Weg. Auch sie waren gerade dabei zu gehen, und so traf es sich, dass sie alle gemeinsam die Treppen hinunterstiegen. Das Fräulein Thea wollte die Herren noch zum Bahnhof begleiten. Der junge Mann war angespannt. Bei der Verabschiedung war er fahrig, hatte rote Flecken in dem ansonsten ganz blassen Gesicht. Damals hatte sie gar nicht so sehr darauf geachtet, aber wenn sie jetzt im Nachhinein darüber nachdachte, hätte er auch aufgewühlt gewesen sein können, denn kurze Zeit vor dem Aufbruch der Besucher hatte sie laute Stimmen aus dem Zimmer gehört. Nicht dass es sich nach einem Streit oder gar Geschrei angehört hatte, bei Gott, nein! Nur ein klein wenig lauter war es gewesen. Gerade so, dass sie es bis in ihr Schlafzimmer hinüber gehört hatte, wo sie sich umzog und für die Kirche fertig machte.

Und jetzt, wenige Tage später, saß das Mädchen blass und mit verweinten Augen auf ihrem Kanapee in der Küche.

»Die Mannsbilder«, sagte Maria Lederer leise zu sich selbst. Sie würde dem Fräulein Thea, wie all den anderen Untermieterinnen davor, die sich hier an ihrem Küchentisch ausgeweint hatten, am Ende sagen, dass die Zeit alle Wunden heilt und die Welt sich weiterdreht. Und dass, wie schon ihre Großmutter, Gott hab sie selig, gesagt hat, wegen einer Staude noch nie eine Geiß verreckt ist.

Maria Lederer ging zum Vogelkäfig. »Na, Batzi, magst ein Wasser?« Aus dem Augenwinkel heraus sah sie das Mädchen. Es saß immer noch zusammengekauert wie ein Häuflein Elend da.

»Ich komm gerade von der Polizei.« Die Stimme war tonlos. »Der Hubert, der soll einen Mord begangen haben.«

Die Vermieterin erschrak, wusste nicht, was sie sagen sollte.

»Sie haben ihn doch auch kennengelernt, den Hubert. Mit seinem Vater war er hier, am Sonntag ist es zwei Wochen her.«

Thea sah zur Hauswirtin hinüber. Ihre Haltung hatte etwas Flehendes, ganz so, als stünde es in der Macht von Maria Lederer, mit einem Satz, nein, mit einem einzigen Wort, jeden Verdacht auszuräumen, dabei kannte die doch den Hubert, wie ihn das Mädchen nannte, gar nicht. Sie hatte ihn nur zwei-, vielleicht dreimal gesehen, und auch nur kurz zwischen Tür und Angel.

Auf den üblichen Liebeskummer ihrer Untermieterinnen war sie vorbereitet gewesen, aber auf das? Sie hielt es für besser, stumm zu bleiben, setzte sich neben das weinende Mädchen auf das Kanapee und nahm es in den Arm. Kaum spürte Thea den warmen Körper neben sich, fiel sie in sich zusammen, rutschte ein Stück nach unten und legte ihren Kopf in den Schoß der Vermieterin. Zusammengerollt wie ein kleines Kätzchen lag Thea neben der Lederer.

»Ausgeraubt und umgebracht. Ich kann's nicht glauben.«

Sollte sie dem Fräulein Thea sagen, dass sich schon alles klären würde und dass es im Leben immer irgendwie weitergehe? Aber würde das nicht falsch und verlogen klingen? Und helfen würde es dem Mädchen auch nicht.

Da fing Thea leise zu sprechen an.

Die Zimmerwirtin hörte nur zu, sagte kein Wort, selbst dann nicht, wenn Theas Stimme von Zeit zu Zeit abbrach. Sie saß da, mit dem Kopf des Mädchens in ihrem Schoß, strich diesem hin und wieder sanft über das Haar, wartete und ließ ihm Zeit, sich alles von der Seele zu reden.

»Im August '19 bin ich mit meinen Eltern nach Landshut gezogen, da hab ich den Hubert kennengelernt. Er hat mir gleich gefallen, von Anfang an. Er interessiert sich für das Theater, die Musik und die Literatur, genau wie ich. Ein Freund von meinem Bruder, der Fritz, der hat in der Bürstenfabrik Täuscher als Geselle gearbeitet. Und da hab ich den Hubert hin und wieder getroffen, wenn ich den Fritz von der Arbeit abgeholt habe.

Die Arbeit in der Fabrik hat dem Hubert nie gefallen, aber seine Eltern, die wollten halt, dass er den Betrieb übernimmt.

Daheim sind sie ihn immer hart angegangen. Nichts hat

er ihnen recht machen können. Seine Liebe zum Theater und zur Musik haben die Eltern nicht verstanden. Denen war das Geschäft immer das Wichtigste. Mich hat der Hubert so gedauert, immer verzweifelter ist er geworden, und wie er keinen Ausweg gesehen hat, da hat er halt eine Dummheit gemacht. Er wollte von zu Hause weglaufen, nach München, und weil er kein Geld gehabt hat, hat er es im Betrieb unterschlagen. Zuerst hat ihn sein Vater nicht in Verdacht gehabt. Der hat es zwar nicht verstehen können, hat aber gemeint, dass der Fritz, der Geselle, es getan hat. Und wie der Fritz es abgestritten hat, da ist es schließlich zur Anzeige gekommen, und da ist alles aufgeflogen.«

Das Mädchen hielt kurz inne, ehe es weitersprach. »Die Polizei hat herausgefunden, dass es der Hubert war. Sein Vater hat nichts mehr machen können, und so ist es dann vor Gericht gegangen. Zu sechs Monaten ist er wegen der Sache damals verurteilt worden, weil er aber sonst einen guten Leumund hat, haben sie ihm die Strafe zur Bewährung ausgesetzt. Selbst der Fritz, der Geselle, hat für ihn gesprochen.

Auch wenn ich es nicht richtig gefunden hab, dass der Hubert sich dazu hat hinreißen lassen, so hab ich ihn doch geliebt und zu ihm gehalten.

Bis vor ein paar Monaten, da hat er angefangen, sich herumzutreiben. Ganze Nächte ist er im Café oder im Kino gewesen. Er hatte sich verändert, und ich hab nicht gewusst, was ich machen soll, und wie ich dann noch durch Zufall gehört habe, dass er ein Techtelmechtel mit einer anderen angefangen hat, da hab ich ihn zur Rede gestellt. Erst hat er sich herausgeredet, dass er nur Klavier- und Gesangsstunden bei ihr nimmt. Aber wie er nicht von ihr gelassen hat und mir zu Ohren gekommen ist, dass die beiden sich verlobt hätten, da hab ich ihn gezwungen, sich zu entscheiden. Und als er das nicht konnte, selbst dann nicht, als ich ihn vor seinen Eltern und der anderen zur Rede gestellt habe, da bin ich weggegangen aus Landshut.«

Das Mädchen richtete sich auf und erzählte weiter. »Ich bin hierher nach München, nur meine Eltern wussten, wo ich war. Zwei Wochen später, Mitte Februar, ist der Hubert dann unten vor der Haustür gestanden und hat auf mich gewartet. Er hat mir gesagt, dass er nur mit mir zusammen sein will und dass er die Sache mit der anderen in Ordnung bringt. Dass ich mich halt nur noch ein bisschen gedulden müsste. Er würde zu gegebener Zeit schon alles seinen Eltern erklären und die Verlobung lösen. Er hat gesagt, dass er Schluss machen würde mit der Ganslmeier. Und dass es ihm ganz gleich sei, was seine Eltern von ihm wollten. Die würden ihn am Ende doch eh nicht verstehen. Und was es schon für eine Rolle spielen würde, wenn die Clara auch aus einer noch so angesehenen Landshuter Familie kommen würde, er würde darauf pfeifen und nur mit mir zusammen sein wollen und sonst mit niemandem. Die Ganslmeier ist fast zehn Jahre älter als der Hubert. Wenn er auch nicht wusste, wie er es anfangen sollte, er würde weggehen aus Landshut und zu mir nach München kommen, und wir würden es schon irgendwie schaffen. Und jetzt ist die Clara tot. Ermordet, sie und ihre Mutter, und alle schieben es auf ihn. Ich kann es nicht glauben, Sie haben ihn doch auch kennengelernt. Er war doch hier, gerade mal zwei Wochen ist es her. So sieht doch keiner aus, der einen anderen Menschen umbringt!«

Maria Lederer sagte nichts. Was hätte sie auch sagen können?

»Seit dem Tag im Februar hat er mich fast jeden Samstag besucht. Wir sind ausgegangen zu Schaustellungen, in Kabaretts oder ins Kino. Übernachtet haben wir immer im Hotel Germania in der Schwanthalerstraße. Unter seinem Namen. Er hat so getan, als ob wir Mann und Frau wären, Hubert und Thea Täuscher, es war ein Spiel.

Auch am Samstag haben wir dort übernachtet. Ich habe ihn wie immer vom Bahnhof abgeholt. Die Züge aus Landshut kommen meistens ein bisserl früher, so war ich zeitig da. Aber ich bin gar nicht bis an die Absperrung vom Bahnsteig gekommen, da ist er mir schon entgegengelaufen. Er hat mich gar nicht gesehen. Ich bin zu ihm hin und hab gesagt, Hubert was machst du schon da? Da hat er mich ang'schaut, als ob er durch mich hindurchblicken würde, als ob ich gar nicht da wäre. Alles an ihm war so anders, sonst hat er sich immer narrisch gefreut, wenn er mich gesehen hat. Übers ganze Gesicht hat er immer gelacht und schon von weitem gewunken. Aber diesmal … Und noch nie hab ich den Hubert unordentlich gekleidet gesehen, immer hat alles gestimmt, die Haare, Hemd, Krawatte, Anzug. Auf die Bügelfalte legt er immer besonderen Wert, ganz exakt muss die sein. Ausgelacht hab ich ihn deshalb, weil alles immer so akkurat sein musste.

Am Samstag hat er ausgeschaut, als hätte er in seinen Kleidern geschlafen. Er ist nie ohne seine Handschuhe und den Hut aus dem Haus, aber diesmal hatte er beides nicht dabei. Ich habe ihn darauf angesprochen. Er war verlegen, hat zuerst gar nicht gewusst, was er sagen soll, und dann endlich hat er mir zur Antwort gegeben, er hätte beides vergessen. Es kam mir seltsam vor, doch wollte ich ihm nicht zu sehr zusetzen, ich hab mir gedacht, dass er wieder Streit gehabt hat mit seinem Vater, weil er doch zum Film wollte und auch wegen uns. So wie in der Woche, als der Vater dahintergekommen ist, dass der Hubert mit mir zusammen ist. Auf der Straße hatte er uns abgepasst – damit wir kein Aufsehen erregen, habe ich ihn gebeten, mit hochzukommen und die Angelegenheit beim Tee zu besprechen.

Letzten Samstag sind wir wie immer ins Hotel Germania gefahren und am Abend ins Kabarett im selben Haus.

Und auch da war es nicht wie immer. Wenn wir sonst aus waren, haben wir uns Süßigkeiten und Schokolade gekauft. Der Hubert isst das genauso gern wie ich, aber an dem Abend hat er nichts gegessen. Nur eine Zigarette nach der anderen hat er geraucht. Und zum Telefonieren ist er, drei, vier Mal. Nach der Vorstellung wollte er gleich aufs Zimmer. Und da war er dann auch so eigenartig. Ich war mir sicher, dass er wieder mit seinen Eltern gestritten hatte.

Wie wir wieder auf dem Zimmer waren, da hat er den kleinen Kettenring aus der Sakkotasche geholt und ihn mir geschenkt.«

Das Fräulein Thea zeigte der Vermieterin den Ring an ihrer Hand.

»Er hat gesagt, dass ich das Ringerl behalten soll und dass ich wissen muss, was immer auch passiert, dass er mich liebt. ›Irgendwann werde ich dir mal einen schönen teuren Ring schenken.‹ Ich hab mir einen Spaß gemacht und gesagt: ›Einen mit Brillanten hätte ich schon gern.‹ Daraufhin hat er mich an der Schulter gepackt, mich angesehen, ganz ernst, und gesagt, einen solchen würde ich nie von ihm bekommen, denn ein Diamant, der bringt nur Unglück.

In der Nacht hat sich der Hubert von einer Seite auf die andere gewälzt. Er hat geschrien und gestöhnt und ist immer wieder hochgeschreckt, war ganz nass vom Schweiß. Ich hab kein Auge zutun können. Ganz früh am Morgen, wir sind noch im Bett gelegen, da hat es dann an der Zimmertür geklopft, und noch ehe ich aufstehen konnte, ist die Polizei schon hereingekommen. Dass wir mitkommen sollen, haben sie uns gesagt. Kaum Zeit zum Anziehen haben sie uns gelassen. Ich hab es nicht verstehen können, ich hab das Ganze für eine Verwechslung gehalten. Aber weil die Herren gar so ernst waren, da ist mir auf einmal ganz bang geworden. Ich hab geglaubt, dass etwas Schlimmes mit seinem Vater passiert sein könnte. Vielleicht im Streit, und dass der Hubert deshalb so komisch war. Aber auf der Polizeistation, da haben sie dann gesagt, dass er die Clara Ganslmeier umgebracht haben soll. Die Polizisten haben mich gefragt, ob ich was weiß, immer und immer wieder haben sie mich gefragt. Aber ich weiß doch nichts. Und dann vor einer Stunde haben sie gesagt, dass ich gehen kann.«

Maria Lederer blieb noch auf dem Kanapee sitzen, das weinende Mädchen in ihrem Arm. Irgendwann schlief es schließlich ein, erst da schob sie es ganz sachte zur Seite, stand auf, holte eine Decke und breitete sie über das Fräulein Thea. Dann machte sie sich leise, um das Mädchen nicht zu wecken, an ihre Arbeit. Davor gab sie dem Nachbarsjungen noch Bescheid, er soll das Fräulein Thea heute im Büro entschuldigen.

Landshuter Zeitung
Lokales: Doppelraubmord

Landshut, 3. April 1922

Ein Doppelraubmord hat die Gemüter in unserer Stadt in Aufregung versetzt. Hierzu erhalten wir vorerst folgenden offiziellen Bericht:

Die 77-jährige Stadtkämmererswitwe Elsa Ganslmeier und deren 32-jährige Tochter Clara, beide wohnhaft dahier in der Neustadt, wurden am vergangenen Samstag nach 12 Uhr ermordet in der Wohnung aufgefunden. Es liegt Raubmord vor. Der vermutliche Täter Hubert Täuscher, Bürstenfabrikantensohn von Landshut, wurde in München verhaftet und bereits in das hiesige Gefängnis überstellt. Nach einem mutmaßlichen Komplizen wird noch gefahndet. Der Sachverhalt ist folgender: Am Samstag um 10 Uhr kam die ledige Kassiererin Bertha Beer auf die Polizeiwache und zeigte an, dass sie bei den Ganslmeiers ab 1. April ein Zimmer gemietet habe, heute schon wiederholt Einlass begehrt habe, aber ihr niemand – trotz kräftigen Läutens – geöffnet habe. Sie vermutete, dass das junge Fräulein mit ihrem Geliebten Täuscher nach München gefahren sei und die alte erkrankte Frau hilflos zurückgelassen habe.

Nachdem man nicht wusste, was mit der alten Frau vorging, ließ man polizeilich die Wohnung öffnen. Dort fand man die beiden Ganslmeier in ihren Betten ermordet vor. Sofort wurden die Staatsanwaltschaft sowie das Amtsgericht zur Aufnahme des Tatbestandes verständigt. Inzwischen wurde durch den Herrn Landgerichtsarzt die Todesursache festgestellt. Die alte Frau hatte einen Knebel im Mund und war gewaltsam erstickt. Die junge Clara Ganslmeier, die im Bette lag, hat vermutlich durch einen schweren Stich im Halse den Tod gefunden. Letztere ist ihres Schmuckes beraubt. Nachdem der Tatbestand festgestellt war, wurden die Leichen nachtsüber polizeilich bewacht und gestern (Sonntag) zum Leichenschauhaus verbracht. Dort findet auch die gerichtsmedizinische Untersuchung der Mordopfer statt. Die Wohnung wurde polizeilich versperrt; das Nähere wird die folgende Ermittlung ergeben.

Sonntag, 2. April 1922,
Landshut, Fleischbankgasse,
Kassiererin Bertha Beer,
8.37 Uhr abends

Bertha Beer ging die Fleischbankgasse entlang. Es hatte wieder ganz leicht zu nieseln angefangen. Ihre Handtasche unter den rechten Arm geklemmt, zog sie den Kragen des Mantels ein wenig zurecht. Ihr war unheimlich, schon seit geraumer Zeit hatte sie das Gefühl, dass ihr jemand folgte. Nicht dass sie etwas gehört hätte, es war mehr so eine innere Unruhe. Auch hatte sie sich mehrfach umgedreht und nichts entdecken können, was ihren Verdacht bestätigt hätte.

Die schlecht beleuchtete Gasse und das unwirtliche Wetter waren bestimmt mit schuld an dem unguten Gefühl. Nur noch ein kurzes Stück, und sie wäre in der Zwerggasse, von dort war es nur noch ein Katzensprung bis zur Wohnung ihrer Schwester.

Noch vor wenigen Tagen hätte sie auf dem Nachhauseweg den Weg über die Neustadt eingeschlagen, aber jetzt? Eine Gänsehaut lief ihr über den Rücken, wenn sie nur daran dachte. Das Bild der alten Ganslmeier, wie sie da in ihrem Bett gesessen war mit dem Tuch über dem Kopf, wie der Todesengel. Das ging ihr immer und immer wieder durch den Kopf, sie durfte gar nicht daran denken. Und die Clara, grauenhaft!

Bertha Beer rückte ihren Hut etwas zurecht. Sie hätte sich nicht so lange aufhalten lassen sollen, aber seit es sich in der Stadt wie ein Lauffeuer verbreitet hatte, dass sie mit dabei gewesen war, als die Ganslmeier'sche Wohnung polizeilich geöffnet wurde, konnte sie sich kaum noch vor Einladungen retten. Hätte sie all die Offerten wahrgenommen, hätte sie in der nächsten Woche wohl kaum noch Zeit gehabt, ins Geschäft zu gehen.

Sie genoss die Aufmerksamkeit, die ihr zuteilwurde. Die Gustl, ängstlich,wie sie immer schon gewesen war, zog sich da lieber etwas zurück, das war auch der Grund gewesen, warum sie heute Nachmittag allein zum Tee bei der Familie Günzinger gegangen war. Und vor lauter Reden und Erzählen hatte sie dann die Zeit ganz vergessen, und nun musste sie nach Einbruch der Dunkelheit nach Hause gehen. Einen Schirm hatte sie auch nicht mitgenommen. Bertha Beer ärgerte sich über sich selbst.

Der Nachmittag war recht unterhaltsam verlaufen, soweit man bei so einem ernsten Thema davon reden durfte. Aber warum eigentlich nicht, Bertha Beer hatte sich sehr pietätvoll über das Auffinden der Ganslmeier'schen geäußert. Sie hielt es geradezu für ihre Pflicht, dies möglichst präzise und genau zu tun.

Danach war das übliche Gerede über den Täuscher gefolgt – für sie und einen jeden, der bei klarem Verstand war, stand fest, dass er der Mörder war. Da konnte einer sagen, was er wollte. Es deutete doch alles auf ihn hin. Und dass er ein Weiberer war, das stand außer Frage.

Sie hatte der Günzinger auch in allen Farben ausgemalt, wie sich die Clara Ganslmeier noch vor wenigen Wochen ihrer Schwester, der Gustl, gegenüber geäußert hatte, dass sie sich vor ihm fürchtete. Und nun? Sie hatte wirklich allen Grund gehabt, aber jetzt war es zu spät.

Nach dem Tee hatte die Günzinger ihr noch ein Glas Portwein angeboten. Bertha Beer lehnte nicht ab, und während sie dem süßen Wein immer mehr und mehr zusprach und merkte, wie dieser ihr zu Kopf stieg, löste sich ihre Zunge. Die Theorien über das Wie und Warum und auch die Tat selbst wurden immer ausführlicher debattiert. Der doch etwas lockerere Lebenswandel der Clara Ganslmeier rückte dabei immer stärker ins Zentrum des Gespräches. Zwar sollte man über Tote nichts Böses sagen, aber das Gerücht, dass die Clara neben ihrem Verhältnis mit dem Täuscher auch noch ein weiteres zu einem verheirateten Mann in hoher gesellschaftlicher Stellung gehabt hatte, galt in der Stadt als offenes Geheimnis. Wenn auch über die Identität dieses Mannes nur spekuliert werden konnte.

Bertha Beer querte die Steckengasse und bog in die Zwerggasse ein. Sie blickte sich um, konnte aber keine Menschenseele entdecken. Kein Wunder bei diesem Wetter.

In der Zwerggasse war das Geräusch hinter ihr auf einmal deutlich zu hören. Sie hatte sich nicht getäuscht, ihr war jemand gefolgt. Sollte sie schneller gehen? Oder einfach so tun, als hätte sie den Verfolger nicht bemerkt? Ihre Beschwingtheit löste sich nun schlagartig auf. Bertha Beer entschied sich dafür, auf der Hut zu sein und zuerst einmal abzuwarten.

Der Unbekannte folgte ihr rasch. Sie wagte kaum noch, zu atmen. Was sollte sie tun? Die Schritte kamen immer näher.

»Lass dir nichts anmerken, bleib ruhig«, ging es ihr durch den Kopf. »Und wenn es doch nicht der Täuscher war? Und der wahre Mörder treibt sich noch hier in der Stadt herum?«

Sie konnte ihn bereits ganz nah hinter sich hören. Bertha Beer war bis aufs Äußerste angespannt. Sie war noch nicht bis zur Hälfte der Zwerggasse gelangt, hatte noch ein ganzes Stück bis zur Schirmgasse. Sie rannte fast, doch der hinter ihr ließ sich nicht abschütteln.

Vom anderen Ende der Gasse näherte sich ein Passant. Bertha Beer merkte, wie ihr ein Stein vom Herzen fiel. Der andere konnte sie sehen, sie konnte schreien, sollte sie angegriffen werden. Der Unbekannte war nun auf gleicher Höhe mit ihr, sie wagte es nicht, ihn anzusehen. Der Mann vom anderen Ende der Gasse war nur noch ein paar Meter von ihr und ihrem Verfolger entfernt.

Dieser überholte sie, rempelte sie dabei an und rannte die Gasse entlang. Bertha Beer stieß einen spitzen Schrei aus, ließ ihre Tasche fallen, diese sprang auf, und der Inhalt verteilte sich auf dem Gehweg.

Der Passant eilte ihr entgegen, half ihr, die auf dem Boden liegenden Dinge einzusammeln. Bertha Beer bedankte sich überschwänglich. Vom Verfolger war nichts mehr zu sehen. Ihr Retter reichte ihr sogar sein Taschentuch, da ihres auf das regennasse Trottoir gefallen und somit nicht mehr zu gebrauchen war. Als er sich dann noch erbot, sie bis vor die Haustür zu begleiten, nahm sie dankbar an. An seiner Seite fühlte sie sich sicher.

Vor der Haustür verabschiedete er sich von ihr. Das Tuch mit dem Monogramm »RB« behielt sie. Und noch etwas fiel ihr auf, der Mann trug zweifarbige Schuhe Budapester Art. Sehr elegant.

Zu Hause angekommen, erzählte ihr Gustl, dass ein Herr da gewesen sei, sie nehme an, von der Polizei, aber ausgewiesen habe er sich nicht, und sie habe auch nicht weiter gefragt. Er habe nur alles wissen wollen, alles, was sie über die beiden Damen Ganslmeier zu erzählen habe. Am Anfang sei er ihr ganz freundlich erschienen, doch mit der Zeit und weil er gar nicht aufgehört habe zu fragen, sei er ihr dann sehr seltsam vorgekommen.

»Du müsstest ihn eigentlich noch gesehen haben, der war noch keine fünf Minuten weg, ehe du gekommen bist.«

Daraufhin erzählte Bertha ihre Geschichte von dem Unbekannten, der sie verfolgt hatte, und von dem Fremden mit den zweifarbigen Schuhen.

»Seltsam, genau wie die Schuhe von dem Polizisten. Dann wird er das gewesen sein. Weißt, Bertha, das alles ist schon recht eigenartig. Denn warum er eigentlich gekommen ist, hat er mir nicht gesagt«, sagte die Gustl. Sie saßen noch eine ganze Weile stumm in der Küche, ehe sie ins Bett gingen.

Landshuter Zeitung
Lokales: Doppelraubmord

Landshut, 4. April 1922

Zum Doppelraubmord wird zum gestrigen offiziellen Bericht Folgendes nachgetragen:

Der mutmaßliche Täter Hubert Täuscher wurde gestern früh, Montag, 8 Uhr, zur Konfrontation in das Leichenhaus gebracht. Auf Vorhalt leugnete er, der Raubmörder zu sein. Hierauf fand die Sektion der beiden Leichen statt. Wie schon berichtet, war der alten Frau Ganslmeier ein Knebel in den Mund gesteckt worden. Sie fand den Erstickungstod, bei der Tochter Clara Ganslmeier wurden ein Stich in die Brust und gefährliche Halsverletzungen festgestellt.

Täuscher und eine weitere männliche Person wurden von mehreren Zeugen unmittelbar nach der Tat zusammen gesehen. Bei dieser Person handelt es sich um Täuschers mutmaßlichen Komplizen, den geschiedenen 29-jährigen Techniker Luck Schinder, derzeit ohne Anstellung. Es wird bezeugt, beide seien in Ergolding zusammen in den Zug nach München eingestiegen.

Inzwischen wurden in München weitere Hausdurchsuchungen vorgenommen, und man fand in der Wohnung der Geliebten des vermutlichen Mittäters Ringe und andere Schmucksachen, die der Clara Ganslmeier geraubt wurden. Schinder und seine Geliebte wurden bereits in München festgenommen. Die Geliebte wurde jedoch nach kurzer Einvernahme wieder auf freien Fuß gesetzt. Schinder wurde heute in das hiesige Gefängnis überführt.

Montag, 10. Juli 1922,
Volksgericht Landshut,
erster Verhandlungstag,
10 Uhr vormittags

Um zehn Uhr werden die beiden Beschuldigten Täuscher und Schinder vom Gefängnis in den Saal des Gerichtsgebäudes überführt. Täuscher betritt den Raum als Erster. Er geht hinüber zur Anklagebank und nimmt Platz. Kurz verstummt jedes Geräusch. Alle Blicke sind auf ihn gerichtet. Er selbst ist blass, seine Bewegungen wirken steif und ungelenk. Die Anspannung und Nervosität ist ihm anzusehen, aber zur großen Enttäuschung der Zuschauer im Saal sieht er nicht wie ein Häuflein Elend aus. Schinder wird kurz danach ebenfalls hereingeführt. Er setzt sich zunächst auf die Anklagebank, steht jedoch gleich wieder auf und bespricht sich mit einem Beamten. Dann geht er hinüber zur zweiten Reihe, nimmt dort Platz und plaudert mit einem elegant gekleideten Besucher. Schinder verhält sich, als wäre er zufällig anwesend und hätte mit dem Treiben hier vor Gericht nicht das Geringste zu tun. Er ist entspannt, fast heiter. Bei ihm mehr noch als bei Täuscher haben weder die Haft noch der Druck der bevorstehenden Verhandlung sichtbare Spuren hinterlassen. Er lacht laut, tut alles, um Aufmerksamkeit auf sich und seinen Gesprächspartner zu lenken. Erst in allerletzter Minute bricht er sein Gespräch ab, wechselt wieder hinüber auf die Anklagebank.

Langsam kehrt Ruhe ein. Die Verhandlung beginnt durch Aufrufung der einzelnen Zeugen und ihre Belehrung durch den Vorsitzenden Richter Dr. Kammerer. Die meisten der über sechzig Zeugen werden danach vorläufig entlassen und nach Hause geschickt, nur sechs von ihnen sollen vor der Tür des Sitzungssaals warten.

Nun folgt die Verlesung der Anklage durch die Staatsanwaltschaft, im Saal herrscht angespannte Aufmerksamkeit, selbst das Fallen einer Nadel wäre zu hören. Die Anklage lautet für Täuscher auf zweifachen Mord in Tateinheit mit Raub, für Schinder auf schwere Personen- und Sachhehlerei.

Schinder ist weiter gelangweilt und desinteressiert, er blickt auf seine Hände, mustert eingehend seine Fingernägel, sieht sich im Saal um. Auch Täuscher macht den Eindruck, als würde er den Ausführungen des Staatsanwalts kaum folgen. Er sitzt da, steif, mit regungsloser Miene, den Blick geradeaus. Von der Anklagebank aus kann er aus dem Fenster auf der anderen Seite des Sitzungssaals blicken. Als der Staatsanwalt mit großer Eindringlichkeit über das Sterben der beiden Ganslmeier berichtet, zeigen beide Beschuldigten nicht die geringste Regung. Sie bleiben selbst dann noch ungerührt, als die Qualen der Opfer bis zum Eintreten des erlösenden Todes ausführlich und detailliert beschrieben werden.

Erst während der anschließenden Befragung löst sich Täuscher ein wenig aus seiner Starre. Zäh und stockend gibt er Auskunft. Er verneint das Auftreten von Geisteserkrankungen in der Familie, berichtet, wie er mit vierzehn Jahren in das väterliche Geschäft eintrat, und davon, dass er mit achtzehn zum Militär kam. Langsam redet er sich warm, seine Wangen röten sich, etwas Farbe kommt in sein bleiches Gesicht. Er wagt es aber immer noch nicht, in den Zuschauerraum zu blicken. Auf seine Zeit beim Militär angesprochen, erzählt er von seinen Eindrücken und von der Angst, die er im Feld empfunden hat. Er verschweigt nichts, auch nicht, dass gegen ihn während des Krieges ein Verfahren wegen Fahnenflucht anhängig war. Auf dem Weg zurück an die Front nach Frankreich hatte er sich von seiner Truppe entfernt und war drei Tage später in einem völlig verwirrten und abgerissenen Zustand aufgefunden worden. Aufgrund dieses Vorfalls wurde er damals auf seinen Geisteszustand hin untersucht.

»Aber sie haben mich für gesund befunden«, wie er nicht ohne Stolz hinzufügt, und weiter: »Am Umsturztag 1918 bin ich ganz regulär vom Militär entlassen worden, und am nächsten Tag arbeitete ich wieder im Geschäft meiner Eltern.«

»Sie haben ja auch Ihre Ausbildung dort gemacht – wie sind Sie mit Ihrem Vater zurechtgekommen?«, will der Richter von ihm wissen. Täuscher, überrascht von der Frage, fängt an, sich zu winden, stockt.

»Wie man so auskommt.«

»Sind Sie mit ihm ausgekommen oder eher nicht?«

»Es … ging.«

»Das ist mir zu vage. Möchten Sie uns das nicht etwas genauer erläutern?«

»Mit dem Vater … da … bin ich nur teilweise gut ausgekommen.«

Der Richter lässt nicht locker, hakt nach.

»Mein lieber Herr Täuscher, das reicht mir nicht aus. Das möchte ich etwas genauer wissen. Warum sind Sie mit dem Vater nicht gut oder nur, wie Sie sagen, ›teilweise gut‹ ausgekommen?«

»Ich … ich weiß nicht … was hat mein Verhältnis zu meinem Vater mit der Sache hier zu tun? Das geht keinen was an, das ist nicht von Belang.«

»Da irren Sie sich. Es geht uns sehr wohl etwas an. Hier wird über Sie und Ihre Tat verhandelt. Da gibt es nichts, was ›nicht von Belang‹ wäre.«

»Zu meiner Familie will ich nichts sagen.«

»Sie verweigern also eine Aussage hierzu?«

»Ja.«

Vereinzelt werden Rufe laut, die Unruhe in den Reihen der Zuschauer nimmt zu, bis der Vorsitzende Richter Dr. Kammerer endlich energisch um Ruhe bittet. Auch nachdem es im Saal wieder still geworden ist, zeigt sich der Angeklagte weiter verschlossen. Als die Veruntreuung der Gelder aus dem Unternehmen des Vaters im Jahr 1919 zur Sprache kommt, ist es ganz aus. Die Gesichtszüge des Angeklagten verhärten sich, und er blickt wieder starr aus dem Fenster.

»Ich möchte, dass Sie uns zuhören, Herr Täuscher. Hier wird über eine ernste Sache verhandelt, also spielen Sie jetzt nicht den Beleidigten.«

Der tut, als ginge es ihn nichts an, als wäre er nur einer der im Saal anwesenden Besucher.

»Herr Täuscher, ich spreche mit Ihnen! Ich habe Sie etwas gefragt!«

Keine Reaktion.

»Herr Täuscher, wir sind hier nicht im Kasperletheater, ich kann auch anders. Wenn Sie nicht bereit sind, mir hier Auskünfte zu erteilen, kann es sehr unangenehm für Sie werden, glauben Sie mir!«

»Ich brauchte das Geld, und der Vater wollte es mir nicht geben.«

»Wofür brauchten Sie es? Sie hatten doch alles! Unterhalt, Kleidung, Wohnung, selbst Ihre Vergnügungen wurden von den Eltern finanziert.«

»Ich wollte nach München … zum Theater. Ich wollte Schauspieler werden.«

»Und warum sind Sie dann nicht zu Ihrem Vater und haben ihn darum gebeten? Ihre Eltern unterstützten doch auch sonst alle Flausen, die Sie sich in den Kopf gesetzt hatten, wie es scheint.«

»Ich habe gefragt, aber sie waren nicht einverstanden.«

»Und da haben Sie es sich einfach genommen und den Verdacht, weil es so nahelag, auf einen anderen gelenkt.«

»Ich hätte es aufgeklärt!«

»Sagen das nicht alle, die erwischt werden?«

»Ich habe nie geplant, dass einem anderen ein Schaden zugefügt wird. Sie sind wie der Richter damals, der wollte mir auch nicht glauben. Keiner wollte mir glauben. Bei der damaligen Verhandlung sind alle nur ihrer vorgefassten Meinung gefolgt. Nicht einmal richtig zugehört haben die mir.«

Zwischenrufe von den Besucherbänken feuern Täuscher noch mehr an, und in einer arroganten, herablassenden Art fügt er hinzu: »Die Jugend hat ein Recht, sich auszuleben, wann sonst in seinem Leben kann man das tun?«

Dr. Kammerer widerspricht ihm sofort aufs Energischste.

»Der junge Mann ist nicht da, um sich auszuleben, schon gar nicht auf Kosten anderer. Wer dieser Lehre folgt, der geht ins Verderben. An Ihrem Beispiel ist das ja sehr gut nachzuvollziehen. Sie haben doch mit der verstorbenen Clara Ganslmeier und mit einem jungen Mädchen in München, das es ehrlich mit Ihnen meinte, gleichzeitig ein Verhältnis unterhalten. Beide haben Sie mit lügenhaften Angaben hinters Licht geführt. Sie spielten nie mit offenen Karten. Ist das das Recht, sich auszuleben? Und wo bleiben die anderen?«

Täuscher wird zuerst schneeweiß, dann ruft er erregt in den Saal: »Das ist alles grobe Verleumdung! Es gibt wichtigere Sachen hier zu verhandeln. Meine Dummheiten als Knabe oder das Verhältnis zu meinen Eltern gehen niemanden etwas an. Genau wie meine Liebe zu Thea und die Beziehung zu Clara. Suchen Sie doch den wahren Täter! Lassen Sie mich in Frieden! Ich habe nichts getan! Sie verschwenden Ihre und meine Zeit!«

Täuschers Verteidiger versucht seinen Mandanten zu beruhigen, ihm Einhalt zu gebieten. Doch der lässt sich nicht beruhigen.

Aus den Zuschauerreihen kommen erneut Zwischenrufe. »Hört, hört!« – »Ist das ein unverschämter Lackel!« – »Ein solch ein Falott!«

»Ich dulde hier kein solches Verhalten, wir sind nicht auf der Bartlmä Dult!«, brüllt Dr. Kammerer in den Saal. »Ich lasse den Saal räumen, wenn hier nicht wieder Ruhe einkehrt! Die Verhandlung wird für zehn Minuten unterbrochen.«

Sonntag, 2. April 1922,
Landshut, Ursulinengäßchen,
Kriminaloberwachtmeister Johann Huther,
9 Uhr abends

Johann Huther und Josef Wurzer saßen gemeinsam am Küchentisch in der Huther'schen Wohnung. Der Kollege Wurzer hatte sich die Mühe gemacht und war nach Dienstschluss vorbeigekommen, um zu erzählen, was sich alles an Neuigkeiten ergeben hatte. Im Laufe des Vormittags hatten die Kollegen aus München Hubert Täuscher nach Landshut überführt. Huther selbst war nicht zugegen gewesen, als Täuscher im hiesigen Gefängnis abgeliefert wurde, er hatte den ersten seiner beiden freien Tage gehabt. So waren nur Wurzer und der Jungspund Weinbeck dabei gewesen.

Ein richtiges Früchterl sei er, der Täuscher, berichtete Wurzer. »Ein eiskalter Hund. Nicht einmal blass geworden ist der, wie wir ihm die Toten gezeigt haben. Keine Regung, nichts! So was sieht man nicht alle Tage. Danach haben wir seine ganzen Kleider untersucht, wegen dem Blut.«

»Und?«, fragte Huther nach.

»Auch da nichts, obwohl die junge Ganslmeier doch geblutet hat wie eine Sau.«

»Na, na!«

»Stimmt doch! Mir hat es keine Ruhe gelassen, und an der Krawatte, da bin ich dann doch noch fündig geworden.« Wurzer nahm einen Schluck aus der Bierflasche, die Erna Huther vor ihm auf den Tisch gestellt hatte, und fuhr dann fort. »Aller Wahrscheinlichkeit nach dürfte die gewaschen worden sein, aber trotzdem habe ich noch einen braunen Flecken darauf finden können. Das war Blut, sag ich Ihnen. Das wird uns jeder Chemiker bestätigen.«

»Sind S' sicher? Nicht dass wir uns blamieren.«

»Hundertprozentig, das hab ich im Gefühl!« Wurzer zog kurz mit dem Zeigefinger sein Unterlid am linken Auge etwas nach unten, ehe er weitersprach.

»Das haben die Kollegen in München übersehen. Ich geh jede Wette ein. Ich hab die Krawatte schon mit einem entsprechenden Vermerk an die Staatsanwaltschaft geschickt.«

»Dann brauchen wir ja nur noch abwarten.«

»Ach ja, das hätte ich jetzt beinahe vergessen zu erwähnen, seinen Spezl, den Schinder, den haben die Kollegen in München übrigens auch schon.«

In Wurzers Stimme lag ein anerkennender Unterton.

Huther brummte zustimmend vor sich hin und nahm seinerseits einen Schluck Bier.

»Da merkt man halt gleich, auch wenn ihnen mal was durch die Lappen geht, dass die trotzdem ganz schön auf Zack sind da drunten in München. Kein Wunder, haben halt auch mehr Leute, und mehr Erfahrung mit solchen Verbrechern haben die auch.«

»Ja, was die Zahl der Verbrechen angeht, da sind wir zum Glück noch recht provinziell, Wurzer. Das hat auch sein Gutes, glauben S' mir.«

»Und dennoch freut es mich doppelt und dreifach, wenn ich was finde, was die übersehen haben.«

»Na, dann hoffe ich, Sie freuen sich nicht zu früh.«

»Ach, sehen S' nicht so schwarz. Wenn das mit der Krawatte so ausgeht, wie ich mir denke, dann brauchen wir bloß noch das Messer und wir können den Sack zumachen. Da passt doch alles wie die Faust aufs Auge!«

»Warten wir ab. Und zuallererst gibt's am Dienstag den großen Ansturm im Präsidium – morgen steht bestimmt was in der Zeitung. So eine Geschichte wie die, die lässt sich doch der Niedermüller von der *Landshuter Zeitung* nicht entgehen. Auf so was wartet der schon viel zu lang. Da können wir uns auf was gefasst machen«, seufzte Huther.

Wurzer lachte, setzte die Bierflasche erneut an und nahm noch einen Schluck.

»Irgendwie erinnert mich das an was. Es geht mir schon den ganzen Tag durch den Kopf, aber ich komm nicht drauf ...«

»Sie lesen zu viele Räubergeschichten, Wurzer. An was soll ein Mord wie der erinnern? So was hat es hier in Landshut und Umgebung noch nicht gegeben, nicht dass ich wüsste.«

»Nein, nicht bei uns. Es ist was anderes. Ich komm schon noch drauf.« Josef Wurzer rieb mit der Hand sein Kinn. »Ich glaub, jetzt hab ich's! Haben Sie den Film in den Zweibrücken-Lichtspielen gesehen? *Der blutige Dolch?* Den müssen Sie sich anschauen! Da haben die es auch so gemacht.«

»Wie meinen Sie jetzt das?«

»Na, die Gräfin in dem Film, die ist genauso umgebracht

worden wie die alte Ganslmeier. Meine Frau hat richtig aufgeschrien, wie der Mörder ins Zimmer zu der schönen Gräfin rein ist. Und wie er sie dann umgebracht hat, da hat s' gar nicht mehr auf die Leinwand hinschauen können. Wenn ich aufrichtig bin, hat es mich auch ganz schön gepackt, aber gezeigt hab ich das natürlich nicht. Da fällt mir ein, ehe ich es vergesse, der Kollege Weinbeck war noch mal in der Ganselmeier'schen Wohnung, dabei hat er den Sekretär etwas genauer in Augenschein genommen. In der unteren Schublade war ein Stück Papier, über und über mit Blut war es besudelt, ganz so, als hätten die Mörder nach der Tat mit blutigen Händen in der Schublade herumgestöbert. Dabei haben sie das Papier dann angelangt. Es steht also fest, dass die zwei zuerst umgebracht und dann ausgeraubt wurden.«

»Wer hat wen ausgeraubt, Papa?«

»Ja, warum schlafst denn du nicht, Roserl?«

Johann Huthers siebenjährige Tochter stand im Türstock.

»Ich kann nicht einschlafen.«

»Ja, dann komm her und setz dich auf meinen Schoß. Magst einen Schluck Bier? Das macht müde.«

»Johann, bist jetzt damisch? Dem Kind ein Bier geben und ihm Geschichten von Mord und Totschlag erzählen, damit es gar nicht mehr einschlafen kann.«

Erna Huther, die die ganze Zeit im Lehnstuhl in der Ecke gesessen hatte, legte ihr Strickzeug beiseite, stand auf, nahm Roserl in den Arm und ging mit ihr hinüber ins Schlafzimmer.

»So, ich pack es jetzt auch gleich, ist schon spät.«

»Das Bier trinken wir jetzt noch gemeinsam aus, wär

schade drum.« Josef Wurzer und Huther saßen noch eine Weile zusammen, und nachdem Wurzer seine Flasche leer getrunken hatte, machte er sich auf den Heimweg, und Huther ging zu Bett.

Zwei Tage später saß Johann Huther am Frühstückstisch und legte die Zeitung, nachdem er sie gelesen hatte, ordentlich zusammen, dann erst schob er die Tasse mit dem Malzkaffee und der darin eingebrockten alten Semmel zur Seite und stand vom Küchentisch auf. Er musste zum Dienst, sein Anzug hing noch am Schlafzimmerschrank, es war an der Zeit, sich fertig zu machen. Strumpfsockig, nur in langer Unterhose und Hemd, die Zeitung unter dem Arm, schlurfte er aus der Küche. Im Flur steckte er sie in die Tasche seines an der Garderobe hängenden Mantels, so würde er diesmal nicht vergessen, sie dem Nachbarn einen Stock tiefer vor die Tür zu legen. Die Hausgemeinschaft teilte sich das Abonnement. Johann Huther hatte durch seinen Beruf und die damit verbundene Stellung das Anrecht, sie als Erster zu lesen, danach wurde sie an die anderen Parteien weitergereicht. Die Braumandls im Parterre bekamen die Zeitung immer als Letzte. Die Braumandls waren sparsame Leute, dort angekommen, würde die Zeitung am nächsten Tag in rechteckige Stücke geschnitten werden, um aufgefädelt an einer Schnur im Etagenklo als Toilettenpapier zu enden. Zwei Blatt Zeitungspapier und ein Blatt Klopapier. Huther schüttelte seinen Kopf, die Zeiten waren schlecht, selbst das Klopapier war teuer geworden. Hätten sie nicht das Geld gehabt, das der Bruder seiner Frau von Zeit zu Zeit aus Amerika schickte, wäre es kaum möglich gewesen, mit seinen monatlichen Bezügen über die Runden zu kommen. Mehr als fünfzig Mark bekam er für den Dollar, und die Reichsmark verfiel und verfiel.

»Zuerst haben s' unterm Kaiser den Krieg auf Pump finanziert: Das Geld wird schon reinkommen, wenn wir erst gewonnen haben. Und dann? Dann haben wir ihn verloren, den Krieg, und jetzt zahlt die neue Regierung die Reparationen auf Pump, und wir sind die Dummen, weil wir immer den Kopf hinhalten. Es ist bloß eine Frage der Zeit, bis der Staat seine Beamten nicht mehr bezahlen kann. Na ja, solang wir bloß Zeitungspapier zum Arschabputzen hernehmen müssen«, ging es Huther durch den Kopf. »Der Schwager hat schon recht, einfach weg müsst man, einfach weg.«

Huther graute es vor dem heutigen Tag, ihm waren Ratsch, Tratsch und Denunziationen zuwider.

Als er wenig später sein Büro aufsperrte, ging es ihm durch den Kopf, dass der Tag für die Kollegen Wurzer und Weinbeck bestimmt erfreulich verlaufen würde, schienen die doch bei dieser Geschichte geradezu aufzublühen. Nicht zum ersten Mal fragte sich Huther, ob er den richtigen Beruf gewählt hatte.

Der Kriminaloberwachtmeister sollte recht behalten. Nur kurze Zeit später versammelte sich fast die ganze Stadt in den Fluren des Polizeipräsidiums. Ein jeder hatte etwas zu berichten. Besonders der Umstand, dass mit Hubert Täuscher ein Sohn aus einer angesehenen Landshuter Familie in die Tat verwickelt war, heizte die Gerüchteküche an. Hätte man den Aussagen nur halbwegs Glauben geschenkt, hätte Täuscher bei gut der Hälfte aller Landshuter Damen Musikunterricht genommen und der anderen

Hälfte eindeutige Avancen gemacht. Und auch die Familie Ganslmeier war Gegenstand von Gerede: Jede zweite der Zeuginnen wusste von einem geheimnisvollen Geliebten der Ganslmeier oder einem alten Verehrer zu berichten, den sie vor dem Krieg zurückgewiesen hatte.

Dienstag, 14. März 1922,
Landshut, Grasgasse,
Bürstenfabrikantensohn Hubert Täuscher,
7.15 Uhr abends

Hubert Täuscher lief gerade die Grasgasse entlang, als er rein zufällig auf Luck Schinder traf.

In den letzten Monaten hatten sie sich häufiger gesehen und auch des Öfteren gemeinsam etwas unternommen. Hubert imponierte Luck, der hatte es geschafft. Er war so weltmännisch, gut gekleidet, immer nach der neuesten Mode. Wenn sie sich trafen, sprach er davon, dass er ständig unterwegs sei, »geschäftlich in Amsterdam, Berlin oder Frankfurt«. Ganz beiläufig ließ er es einfließen, dabei hätte er es nicht erzählen müssen, man sah es ihm an. Luck kannte Gott und die Welt und hatte, wie es schien, immer mehr als genügend Geld in den Taschen. Wenn er in Landshut war, wohnte er dennoch bei seinen Eltern in einer kleinen Eisenbahnerwohnung in der Ludmillastraße, obwohl er sich bestimmt etwas anderes hätte leisten können.

Als Hubert ihn einmal darauf ansprach, bekam er zur Antwort: »Wegen der Mutter, da sie mich sonst doch noch weniger zu Gesicht bekommt. Und weil es so viel einfacher für mich ist, ich bin eh die meiste Zeit nicht da, da will ich mich nicht auch noch um eine eigene Bleibe kümmern.«

Hubert Täuscher hatte gemerkt, wie jemand von hinten auf seine Schulter tippte, und als er sich umdrehte, stand Luck da und grinste ihn an.

»Bertl, nicht so schnell!«

»Mensch, Luck! Hast du mich jetzt erschreckt.«

Sie standen ein paar Minuten auf dem Trottoir und unterhielten sich.

»Ich war heut den ganzen Tag unterwegs, geschäftlich, verstehst? Jetzt komm ich heim und denk mir, schau was so los ist in Landshut! Und dann sehe ich dich, wie du direkt vor mir die Grasgasse entlanggehst. Herausgeputzt wie der Herr von und zu. Was hast denn heut noch vor?«

»Ich will ins Kino. Gehst mit?«

»Nur wenn's kein Liebesdrama ist. Nach diesem Gesäusel ist mir heute wirklich nicht. Da habe ich selber genug am Hals. Die Weiber, eine spinnerter als die andere. Wohin willst?«

»Ich will ins Zweibrücken. Du brauchst keine Sorge haben, einen solchen Schmarrn schau ich mir nicht an.«

»Im Zweibrücken – da arbeitet meine Verflossene als Platzanweiserin, eine richtige Zwiderwurzn, sag ich dir, mit der hält's keiner lang aus. Alleine schon um die zu ärgern, geh ich mit.«

»Ich kann mir aber nur den dritten Rang leisten, das sag ich dir gleich. Ich geh auf keinen anderen Platz. Meine Eltern halten mich kurz.«

»Lass gut sein, dann gehst heut mit mir, bist mein Gast.«

An der Kasse bezahlte Schinder zweimal Loge. Das Wechselgeld ließ er liegen.

»Ist für Sie, schöne Frau.«

Dann gab er Hubert das Billett.

»Leben und leben lassen! Das ist meine Devise, Bertl.«

Und klopfte ihm auf die Schulter.

»Weißt, was das Schönste ist? Für die Kassiererin wird nichts wichtiger sein, als meiner Geschiedenen auf die Nase zu binden, dass ich ihr ein g'scheites Trinkgeld dagelassen hab. Zerreißen wird es die vor Wut, und dann wird s' wieder das Maul über mich nicht halten können. Es gibt doch nichts Schöneres als eine Ehemalige, die dich so von ganzem Herzen hasst.«

Nach dem Kino ließ er Hubert kurz an der Straßenecke stehen.

»Ich lauf schnell rüber zu einem, den ich kenne, ›Grüß Gott‹ sagen. Bin gleich wieder da.«

Hubert zündete sich eine Zigarette an und schaute hinüber zum Luck. Der stand, halb verdeckt von einer kleinen Gruppe Kinobesucher, mit einem Mann zusammen und unterhielt sich. Er konnte beim besten Willen nicht ausmachen, wer der andere war, sosehr es ihn auch interessiert hätte. Von seinem Platz aus sah er den Fremden nur von hinten. Hut, teurer Anzug, zweifarbige Schuhe, den Mantel locker um den Arm gelegt. Hubert wäre gerne etwas näher herangegangen, traute sich aber nicht. Der Luck hatte ja gesagt, dass er hier auf ihn warten sollte, und er wollte es sich wegen seiner dummen Neugierde nicht mit ihm verderben. Es dauerte eh nicht lange, dann war der Schinder wieder bei ihm.

»So, schon erledigt.« Luck lächelte und rieb sich die Hände aneinander. »Was machen wir jetzt? Wo gehen wir hin? Der Abend ist noch jung.«

»Wer war denn der Herr? Kenn ich den auch?«

»Das glaube ich nicht, dass du den kennst. Der spielt in einer anderen Liga.«

Noch während er weiterredete, hängte sich Luck bei Hubert ein, und zusammen gingen sie ins Central. Irgendwie konnte er sich des Gefühls nicht erwehren, als hätte Schinder ihn schnell vom Kino wegziehen wollen. Das Treffen selbst musste aber ganz nach Lucks Gusto verlaufen sein, denn im Café war er nicht neidig und hielt ihn auch hier frei. »Ganz Gent«, dachte Hubert, als Luck sich Cognac und eine Zigarre bestellte.

»Magst auch einen? Ich lad dich ein, heut geht alles auf mich.«

Hubert nickte.

»Bringen S' dasselbige noch mal für meinen Freund … und alles auf meine Rechnung.«

Irgendwann fing Schinder dann an, Hubert zu erzählen, was er »geschäftlich« schon alles gemacht habe.

»Weißt noch, der, den ich vorhin vor dem Zweibrücken getroffen hab? Für den hab ich schon öfter Brillanten nach Holland geschmuggelt.«

Er trank sein Glas aus.

»Das kannst glauben, Bertl, alleine die Schmuggelgeschäfte, die würden mir schon an die zehn Jahre Zuchthaus bringen. Noch zwei Cognac!«

»Es gibt kein Schloss, das ich nicht aufbrechen kann.« Er erzählte von Kupferdraht, den er verschoben hatte, und auch von seiner letzten Reise nach Amsterdam.

»Da war ich wieder mit Brillanten unterwegs, die habe ich im Gehstock geschmuggelt. Da kommen die vom Zoll nie drauf, denen musst immer um eine Nasenlänge voraus sein.« Luck tippte sich mit dem Zeigefinger an die Nasenspitze. »Dann haben s' gar keine Chance, dich zu schnappen. Wenn nicht, gehörst der Katz.«

Er beugte sich etwas nach vorn über den Tisch.

»Dirredarre musst haben, da stehen die Weiber drauf, das hast doch gesehen bei der Kassiererin, da kannst lang in deinem Bürstenladen hocken bleiben. Der vor dem Zweibrücken, der macht's richtig. Schau ihn dir an, dem rennen die Menscher hinterher.«

Hubert schaute ihn bewundernd an. Er wollte auch nicht dastehen wie einer, der auf der Wassersuppe dahergeschwommen ist. Deshalb fing er an, mit seinen Liebschaften anzugeben und was er für einen Schlag bei den Frauen habe, und ein paar Cognac später erzählte er schließlich von der Ganslmeier. Um es ein wenig geheimnisvoller zu machen, fing er so an: »Ich wüsste ein Geschäft, das für dich und deinen Freund passen würde, weil du dich doch gar so gut auf Schmucksachen verstehst. Aber dafür braucht's einen mit dem nötigen Schneid, der sich traut, in eine Wohnung reinzugehen, die mitten in der Stadt liegt, und das auch noch am hellen Tag.«

Neugierig geworden, legte der Luck die Zigarre aus der Hand und rückte mit dem Stuhl ein Stück näher heran.

»Es ist gleich, welches Geschäft, ich pack es schon, wenn am Ende genügend für mich übrig bleibt.« Dabei rieb er Daumen und Zeigefinger der rechten Hand aneinander, um das Gesagte zu unterstreichen.

»Aber du musst die Sache so anfangen, dass ich draußen bin, denn der Verdacht, der fällt gleich auf mich.«

»Wenn das alles ist, brauchst dir keine Gedanken machen.«

So erzählte Hubert dann mehr von Clara, davon, dass er

bei ihr jede Woche Klavierstunden nahm und dass sie sich über den Unterricht nähergekommen sind.

»Die Ganslmeier ist eine von den geldigen alten Jungfern. Erst ist ihnen keiner gut genug, und dann haben s' Angst, dass s' übrig bleiben. Am Anfang hab ich noch geglaubt, die Clara wäre großzügiger. Wenn ich zu ihr zu den Klavierstunden gekommen bin, ist immer eine Flasche Portwein oder Cognac auf dem Tisch gestanden. Meistens auch eine Packung Manoli. Sie hat sich wirklich nicht lumpen lassen. Und ich hab mich dann natürlich auch erkenntlich gezeigt.«

Luck grinste über das ganze Gesicht. »Brauchst mir nichts sagen, von so einer alten Schabracke kannst noch einiges lernen, da bist bestimmt auf deine Kosten gekommen, wie du sie gepudert hast.«

»Eine Zeit lang hat es mir getaugt. Die Ganslmeier hat mir immer Geld zugesteckt, und auch sonst war sie recht willig und großzügig. Da habe ich die Sache einfach laufenlassen. Stutzig werden hätte ich müssen, wie sie mir die Uhr von ihrem verstorbenen Vater geschenkt hat. Als Verlobungsgeschenk. Mir war es gleich, solange die Sache nicht offiziell ist.«

»Da hast recht.«

»Doch plötzlich, von einem Tag auf den anderen, war alles anders. Sie will eine Bekanntgabe der Verlobung. Öffentlich machen will sie es. Und die Uhr, die war auch nur noch geliehen, und sie hat s' wiederhaben wollen – weil ich sie nie trage, hat sie gesagt, aber da hatte ich die Uhr schon versetzt. Bei mir ist's nicht so wie bei dir, ich arbeite im Geschäft von meinen Eltern, und die geben mir nicht viel, ich brauch immer Geld.«

»Na, da hast jetzt den Dreck im Schachterl, was willst machen?«

»Ich hab mir keinen anderen Ausweg gesehen und hab die Clara meinen Eltern vorgestellt. Ich hab mir gedacht, dann hab ich meine Ruhe. Verloben heißt noch nicht heiraten, und meine Mutter jammert mir jetzt auch nicht mehr her, weil s' glaubt, ich bin in festen Händen.«

Hubert erzählte, dass die Clara immer mit ihrem Schmuck protzte und die Stücke gerne herzeigte. Auch Smaragdohrringe, Diamantringe und »solche Sachen«.

»Weißt, was ich möcht? Ich will nach München oder Berlin. Hier ist mir alles zu eng, hier bekomm ich keine Luft zum Schnaufen. Die Ganslmeier, die würd mich genauso kontrollieren wie meine Leut. Aber ich könnt halt ein Geld brauchen für einen neuen Anfang. Wenn ich auf mein Erbe wart, dann werd ich alt und grau, und hier in Landshut, da geh ich drauf. Ich hab noch ein Mädel in München, die Thea, die ist jung, die passt viel besser zu mir als die Clara.«

»Versteh schon, brauchst mir bloß anzugeben, wo sie wohnt, deine Clara, wie die Wohnung ungefähr aussieht, das andere kriege ich schon.«

Hubert saß still da. Nach einer Weile sagte er:

»Schön wäre es schon, Geld zu haben, aber ich muss vorsichtig sein, Luck. Der Verdacht, der würde gleich auf mich fallen.«

»Überleg's dir, das Ganze hat keine Eile. Du weißt, wo du mich findest.«

Sie blieben noch bis zur Sperrstunde im Kaffeehaus sitzen. Redeten über dieses und jenes, Clara Ganslmeier wurde mit keinem Wort mehr erwähnt.

Dienstag, 4. April 1922,
Polizeipräsidium Landshut,
Kriminaloberwachtmeister Johann Huther,
6.48 Uhr abends

»Wie viel sind's noch? Langsam reicht's mir für heute.«

Johann Huther sah hinüber zu seinem Kollegen Wurzer, der die Tür hinter dem zuletzt befragten Zeugen schloss.

»Keine Sorge, es sind nur noch zwei. Aber einer davon ist ein harter Brocken – die Frau Hofstetter sitzt draußen.« Wachtmeister Wurzer konnte sich ein Schmunzeln nicht verkneifen.

»Herrgottssakrament, die kommt doch jede Woche. Immer wenn in Landshut was passiert, dauert's nicht lang und sie taucht auf. Was will s' denn diesmal? Eines sag ich Ihnen, Wurzer, wenn s' wieder anfängt mit ihren Weltuntergangstheorien und wer ihr bei der letzten Séance erschienen ist, dann schmeiß ich sie raus, da kenn ich nichts.« Johann Huther saß verärgert hinter seinem Schreibtisch.

»Mit den Geisterbeschwörungen ist es aus. Ich hab gehört, Sie ist jetzt bei den Bibelforschern.«

»Ach, gehen S' mir damit, ich kann mir beim besten Willen nicht vorstellen, dass die die Hofstetter und ihr Geschmarre haben wollen.«

Huthers Stimme hatte einen verächtlichen Unterton.

»Sie sollten ein bisserl mehr Verständnis zeigen, Herr Oberwachtmeister, der Frau Hofstetter ist halt langweilig, seit ihr Gemahl nicht mehr unter uns weilt.« Das Schmunzeln war einem breiten Grinsen gewichen. »Wenn Sie nicht mit ihr sprechen wollen, dann bleibt sie halt dem Weinzierl, denn ich muss schnell heim. Der soll ruhig sehen, dass das Leben bei der Polizei kein Honigschlecken ist.«

Wurzer wandte sich zum Gehen.

»Sie haben mir noch nicht gesagt, wer der andere ist.«

»Ein junger Bursche, sagt, er sei Geselle bei der Bürstenfabrikation Täuscher.«

»Wissen S', wie er heißt? Oder muss ich Ihnen heute alles aus der Nase ziehen, Wurzer?«

Wachtmeister Wurzer wusste, nun war es an der Zeit, zu gehen, Johann Huther war ziemlich unleidlich geworden.

»Luft, Fritz Luft. Wie ›Luft und Liebe‹.«

»Oder die Luft zum Atmen, hab schon verstanden. Bevor Sie heimgehen, rufen Sie mir den Luft noch rein.«

»Oder wie ›dicke Luft‹«, sagte Wachtmeister Wurzer zu sich selbst im Gehen.

Keine fünf Minuten später saß Johann Huther ein nervös auf dem Stuhl hin und her rutschender Fritz Luft gegenüber.

»Herr Luft, warum sind Sie denn hier?«

»Ich wollte was aussagen über den Hubert Täuscher, aber ich möcht nicht, dass mein Chef davon erfährt.«

Fritz Luft vermied es, Johann Huther direkt anzusehen, stattdessen starrte er auf seine Hände.

»Was können Sie mir denn zu der Sache sagen?«

»Ich will sagen, dass die Thea Schwankl nichts, aber auch gar nichts, damit zu tun hat.«

»Wie kommen S' denn darauf, dass das Fräulein Schwankl was damit zu tun haben könnte?«

Huther ließ sein Gegenüber nicht aus den Augen.

»Entschuldigung, Herr Oberwachtmeister, da haben Sie mich missverstanden, ich hab gesagt, sie hat nichts damit zu tun, rein gar nichts, und deshalb bin ich hier. Die Thea ist ein anständiges Mädchen, und der Hubert, der hat sie nur ausgenutzt.«

»Ich hab Sie schon richtig verstanden.« Johann Huther legte sich langsam und bedächtig Papier und Federhalter zurecht. »Fangen S' an. Ich hör zu.«

»Ich weiß nicht ...«

»Aber Sie sind doch zu uns gekommen, Herr Luft, weil Sie glauben, uns etwas Wichtiges mitteilen zu müssen.«

»Das schon, aber ...«

»Was *aber*? Sie brauchen keine Angst haben, jetzt erzählen Sie mir einfach, was genau Sie veranlasst hat, hierherzukommen.«

»Das wird aber ein bisserl dauern.«

»Das macht nichts, wir haben Zeit.«

»Ich kenn die Thea durch ihren Bruder. Sie ist ein anständiges Mädel. Und ehe die Sache mit ihr und dem Hubert angefangen hat, da haben wir uns ein paarmal getroffen. Nicht, was Sie meinen. Wir sind nicht miteinander gegangen, wir waren nur befreundet.«

»Ich mein gar nichts, Herr Luft. Ich hör Ihnen nur zu.«

»Da war nichts zwischen der Thea und mir, ehrlich. Sie hat mich zwei, drei Mal vom Geschäft abgeholt. Einmal, wie sie mich abgeholt hat, da war der Hubert in der Werkstatt, und so hat sie ihn kennengelernt.

Ich hab zwar gewusst, dass der Hubert ein rechter Weiberer ist, aber dass er gleich mit der Thea was anfangen will, darauf wär ich nicht gekommen. Dem Chef und der Chefin war das nie recht, die wollten schon immer eine mit Geld und einem guten Namen. Eine Richtige halt, eine, die ins Geschäft passt. Haben Sie was zum Trinken? Mein Mund ist so trocken.«

Fritz Luft sah sich suchend um.

»Sind S' nervös, Herr Luft? Sind S' nicht gewohnt, so viel zu reden?«

»Nein, ich … ich red sonst nicht viel.«

Johann Huther stand auf und ging zum Waschbecken, dort füllte er eines der Gläser mit Leitungswasser und stellte es vor Fritz Luft auf den Schreibtisch.

»So, jetzt trinken Sie erst einen Schluck, und dann erzählen Sie weiter.«

Fritz Luft trank und fuhr dann fort. »Es ist jetzt vielleicht ein Jahr her, da hat der Hubert unbedingt Klavier und Gesangstunden nehmen müssen. Ganz hasert ist er geworden. Wenn ich mit ihm in der Werkstatt gearbeitet hab, hat er von nichts anderem mehr gesprochen. Das ist immer so mit dem Hubert – wenn der sich was in den Kopf gesetzt hat, dann kann der an nichts anderes mehr denken, da gibt es dann nur noch die eine Sache. Ich hab ihn gefragt, woher er denn das Geld hat für die Stunden, da hat er mich angegrinst. ›Das musst halt richtig machen, Fritz. Die Stunden, die arbeite ich ab. Da hat einer wie du natürlich keine Ahnung davon, das geht in dein kleines Provinzlerhirn nicht rein‹, hat er gesagt. ›Die Ganslmeier gibt mir die

Stunden und besorgt alles für das leibliche Wohl, die Zigaretten und den Wein, und ich vergelt es ihr dann wieder, ich arbeit es in ihrem Bett wieder ab. Da schaust, was?‹ Und dann hat er mich ausgelacht. So einer ist der schöne Bertl. Dabei hat er wissen müssen, dass ich von ihm und der Thea weiß. Aber die war ihm eh gleich und die Clara schon dreimal. Alle zwei hat er bloß ausgenutzt, und nicht nur die! Aber das wahre Gesicht vom Bertl, das wahre Gesicht, das hat kaum einer zu sehen bekommen, seine Eltern nicht und auch nicht sein Gspusi.«

Huther sah, wie sich Fritz Lufts Mund zu einem spöttischen Grinsen verzog. Der hatte sich so in Rage geredet, dass sich in den Mundwinkeln kleine Speichelkügelchen gebildet hatten.

»Der liebt nur sich selbst, keinen anderen auf der Welt. Selbst seine Leute sind dem gleich, der geht über Leichen. Das hätt ich jetzt nicht sagen dürfen, oder?«

»Sie können sagen, was Sie wollen, Herr Luft, außer uns beiden hört das im Moment keiner.«

»Und das bleibt doch auch unter uns, oder? Ich will nicht … wegen meinem Chef, da wär mir das schon unangenehm.«

»Ich würde sagen, Herr Luft, Sie erzählen jetzt einfach weiter, und dann sehen wir.«

»Gut, aber unangenehm ist mir das jetzt schon.«

»Wollen Sie etwas aussagen oder nicht, Herr Luft? Denken Sie dran, vielleicht können Sie uns ja bei der Aufklärung des Verbrechens helfen.«

»Ja, ich will schon was sagen. Also, der Hubert will Schauspieler werden, beim Film, nicht am Theater. Dabei reicht es bei dem nicht einmal zum Eintänzer. Ein Möchtegern-Gigolo ist der. Deshalb ist er in der Woche mindestens dreimal ins Kino gelaufen, und daheim hat er die Szenen dann nachgespielt. Das hätten S' sehen sollen. Immer wenn der Chef aus der Werkstatt draußen war, hat der Hubert alles stehen und liegen lassen und hat ›geübt‹. Ein eingebildeter, eitler Frack. Ich hab mir mein' Spaß draus gemacht und ihm gesagt, er soll sich doch für die Landshuter Hochzeit bewerben. Aber für den Hubert kommt so ein Laienspiel ja nicht in Frage, und wenn, dann will er schon die Hauptrolle, den Bräutigam, spielen, das wär vielleicht noch nach seinem Gusto. Aber da hat er den Arsch zu weit unten, da bleibt ihm der Schnabel schön sauber. Den Bräutigam, den spielt heuer der Nadler Josef, die wollen doch keinen wie den Hubert, der schon einmal vor Gericht gestanden ist.«

»So besonders wohlgesonnen sind Sie dem jungen Herrn Täuscher aber nicht.«

»Dem – dem hätte als Kind ab und zu eine Ohrfeige gehört, dass hätt ihm die Flausen schon ausgetrieben. Aber die Chefin, die ist ja ganz verliebt in ihren Sohn, da hat ja selbst der Chef nichts sagen dürfen, wenns ums ›Buale‹ geht. Das ›Buale‹ hinten und das ›Buale‹ vorn.«

Fritz Luft hatte sich nun richtig in Rage geredet, und als Johann Huther leicht mit dem Kopf nickte, verstand er dies als Zeichen der Zustimmung und fuhr fort.

»Nach ein paar ›Klavierstunden‹ ist die Sache mit der Clara Ganslmeier dann ein wenig aus dem Ruder gelaufen. Die Clara hat die Sache ernster genommen, die wollt nicht nur ein Gspusi sein, die wollt geheiratet werden. Die ist schon an die dreißig, und jünger wird s' auch nicht. Der läuft die Zeit weg, und den Alten war's recht. Die Ganslmeier hat Geld und kommt aus einer guten Familie, da macht der Altersunterschied nichts, und der Hubert, der hat weiter auf mindestens zwei Hochzeiten getanzt und weder von der Clara noch von der Thea die Finger lassen können. Ich hab es nicht mit anschauen können und hab der Thea gesagt, was los ist. Ich hab ihr gesagt, dass da was läuft mit der Ganslmeier und dass ich was von einer Verlobung hab läuten hören. Ich hab versucht, ihr das schonend beizubringen, ihr die Augen zu öffnen, aber gebracht hat das nichts.

Die Thea hat den Hubert und die Clara zur Rede gestellt. Bei uns in der Werkstatt. Aufeinander los sind s', wie die Furien. Besonders die Clara, an den Haaren hat sie die Thea gepackt, und geschrien hat sie, dass ›der Schlampen verschwinden soll‹. Es war nicht zum Überhören. Gestritten haben die beiden wie die Waschweiber. Auf der Straße draußen sind die Leute stehen geblieben. Die Chefin ist dazwischengegangen, damit sie aufhören. Dem Hubert hat's gefallen, der hat sich geprotzt wie ein Gockel.«

»Ohne Sie wär doch die Sache so schnell nicht ans Licht gekommen. Warum haben S' das dem Fräulein Schwankl denn sagen müssen, das ist Sie doch gar nichts angegangen? Hätten S' nicht einfach den Mund halten können und warten, dass sie früher oder später selber dahinterkommt?«

»Da kann ich doch nicht zuschauen. Mir hat das Madel, die Thea, so leidgetan, wie sie sich an so einen hängt. Der Hubert ist nichts wert. Der ist ein Lalle, ein verzogener Strick. So einem kann man nicht alles durchgehen lassen, der hat auch keine Skrupel, Unschuldige in eine Sache hineinzutunken. Keinen Finger würde der rühren, wenn ein anderer für ihn ins Gefängnis müsste.

Und dass ich es der Thea gesagt habe, hatte auch sein Gutes – der Thea sind die Augen aufgegangen, und sie hat sich eine Stelle in München gesucht. Aber selbst da hat er sie nicht in Ruhe gelassen. Vor zwei Wochen ist der Chef dann draufkommen.«

»Wie ist er denn draufgekommen, Ihr Chef? Wissen Sie das?«

»Nein.«

»Kommen Sie, Herr Luft, sagen Sie es schon, Sie wissen es doch. Mich müssen S' nicht für dumm verkaufen, das muss ihm doch einer gesteckt haben, sonst kommt man doch nicht drauf?«

Fritz Luft druckste herum, fing an zu stottern.

»Ich ... ich hab's ihm gesagt. Ich hab ihm auch gesagt, wo die Thea wohnt. Der Chef ist dann nach München und hat die zwei vor dem Haus abgepasst. Und weil die Thea keinen Streit vorm Haus haben wollt, da sind sie alle hoch in die Wohnung. Der alte Täuscher hat verlangt, dass Schluss ist mit dem ›schlampigen Verhältnis‹. Die Thea war ganz durcheinander, und der Hubert hat ihr keine Ruhe gelassen. Zwei Tage darauf hab ich einen Brief gesehen, in dem die Thea dem Hubert geantwortet hat. Er hatte ihr wohl geschrieben, dass er die Sache aus der Welt schaffen würde und dass sie ihn am übernächsten Samstag wieder wie immer vom Bahnhof abholen sollte.«

»Woher wissen S' denn, was genau dringestanden ist in dem Brief? Haben Sie den etwa gelesen?«

»Den Brief, den hab ich aufgemacht, überm Dampf.«

»Sie wissen aber schon, dass das strafbar ist? Briefgeheimnis, davon haben Sie bestimmt schon gehört.«

Fritz Luft zuckte mit den Achseln.

»Was hätt ich machen sollen, der Hubert ist ein Laff. So ein anständiges Mädel wie die Thea ist viel zu schade für den Lumpen.«

Huther sah Fritz Luft an.

»Aber Sie glauben, Sie wären der Richtige für das Fräulein Schwankl, stimmt's?«

»Das habe ich nicht gesagt, aber es würde schon stimmen.«

»Bei der Veruntreuung vor ein paar Jahren, da hat der Hubert doch den Verdacht auf Sie gelenkt. Sie wollen ihm jetzt nicht eins auswischen? Ich denke nur laut, nicht dass Sie mich missverstehen. Erst tunkt er Sie richtig rein, dann spannt er Ihnen das Mädel aus. Was haben S' denn am Tattag, am Donnerstag, gemacht?«

Fritz Luft lief rot an.

»Gearbeitet hab ich, wie alle anständigen Leute. Was wollen S' damit sagen, Herr Oberwachtmeister? Die Sache mit der Veruntreuung ist Schnee von gestern. Das hat sich alles geklärt. Der Seniorchef hat sich sehr großzügig gezeigt, gleich nachdem alles aufgeklärt war, und ich arbeite wirklich sehr gerne für den alten Herrn Täuscher.«

»Wenn sich alles geklärt hat … aber warum denke ich mir dann, dass ich nicht ganz versteh, was Sie hierhergeführt hat? Rache und Eifersucht waren schon immer gute Motive, Herr Luft. Da hat schon mancher einen Blödsinn gemacht.«

»Was wollen Sie jetzt damit sagen? Ich habe nichts mit der Sache zu tun, rein gar nichts. Sie können mir da nichts anhängen.«

»Ich will Ihnen nichts anhängen, Herr Luft. Und wenn Sie ein reines Gewissen haben, dann brauchen Sie ja auch nichts zu befürchten. Aber dennoch ist mir der Grund Ihres Kommens schleierhaft.«

»Ich bin gekommen, um Ihnen zu sagen, dass die Thea ein anständiges Mädel ist.«

»Also glauben Sie doch, dass das Fräulein Thea in die Sache verwickelt ist?«

»Nein, das glaube ich nicht, aber … aber wer weiß, vielleicht glaubt die Polizei, die Thea könnte aus Eifersucht oder Rache …«

»Herr Luft, bei dem Motiv Eifersucht und Rache, da sind doch Sie viel mehr belastet.«

»Was wollen Sie damit sagen? Das verstehe ich jetzt nicht.«

»Zum einen spannt Ihnen der Juniorchef das Mädchen aus, zum andern schaut er seelenruhig zu, wie Sie in Verdacht kommen, was unterschlagen zu haben. Wenn das kein Motiv ist.«

»Ich habe kein Motiv. Die Sache ist schon längst vergessen. Das hab ich doch gesagt.«

»So vergessen kann es nicht sein, sonst wären Sie heute nicht hier bei mir.«

»Wollen Sie mir jetzt unterstellen, ich hab die Ganslmeier umgebracht, um es dem Hubert in die Schuhe zu schieben? Ich kann beweisen, dass ich an dem Tag gearbeitet habe. Bis in die Nacht hinein war ich in der Werkstatt, weil der Hubert sich wieder gedrückt hat, der faule Hund, wie er es immer macht. Ich bin nur hier, weil ich der Polizei helfen wollte, und dann ist man auf einmal der Verdächtige! Was unterstellen Sie mir da, das müssen S' erst mal beweisen!«

»Ich unterstelle Ihnen nichts, und wenn Sie bis in die

Nacht hinein gearbeitet haben und dafür einen Zeugen haben, dann sind Sie aus dem Schneider, dann haben Sie nichts zu befürchten. – Haben Sie?

»Freilich habe ich einen Zeugen!«

»Dann ist es ja gut.«

Johann Huther stand auf und reichte Fritz Luft die Hand.

»Auf Wiedersehen, Herr Luft, und wenn wir noch Fragen haben, dann kommt ein Kollege noch einmal bei Ihnen vorbei.«

Der Geselle stand unsicher auf, reichte Huther ebenfalls die Hand. Auf halbem Weg zur Tür drehte er sich noch einmal um.

»War's das?«

»Ja, das war es für den Moment, und danke, dass Sie zu uns gekommen sind.«

Johann Huther drängte den verdutzten Fritz Luft aus dem Zimmer hinaus.

»Feierabend.«

Er blieb noch einen Augenblick hinter der geschlossenen Tür stehen, packte dann seine Sachen zusammen, schloss das Büro ab und ging.

Montag, 10. Juli 1922,
Volksgericht Landshut,
erster Verhandlungstag,
2 Uhr nachmittags.

Mit einem strengen Blick auf den Hauptangeklagten sagt der Richter Dr. Kammerer: »Jetzt, da sich alle wieder beruhigt haben, befassen wir uns mit dem Mord und verlesen das Augenscheinprotokoll.«

Im Sitzungssaal ist es totenstill. Konzentriert und aufmerksam folgen die Anwesenden dem Bericht, hören in allen Details, wie die beiden Leichen aufgefunden wurden. Sie hören von den beiden auf dem Tisch stehenden Teetassen. Auch davon, dass neben dem Teegeschirr Zigaretten der Marke Manoli-Parkschloss liegen.

»Das ist doch die Marke, die von Ihnen geraucht wird?«

Täuscher nickt.

»Durch Verlesung des Protokolls ist uns allen klar geworden, dass Sie uns nicht die Wahrheit erzählt haben, wenn Sie bei ihrer Behauptung bleiben, sich nicht länger in der Wohnung aufgehalten zu haben. Vielmehr zeigen uns das gedeckte Tischchen und auch die bereitliegenden Zigaretten, dass Sie mit Fräulein Ganslmeier Tee getrunken haben. Wollen Sie uns nicht endlich reinen Wein einschenken?«

Täuscher widerspricht energisch: »Das beweist gar nichts. Ich bin nur etwa fünf Minuten geblieben, da die Clara mit Arbeit überhäuft gewesen ist. Ich hatte nicht einmal genügend Zeit, mich zu setzen. Und dann hat es auch noch geschellt, und die Clara ging zur Tür nachsehen.«

»Und was haben Sie in der Zwischenzeit gemacht?«

»Ich bin dagestanden und habe gewartet. Kurze Zeit später kam sie zurück. ›Es ist ein Besucher gekommen‹, hat sie zu mir gesagt. Mir war aber nicht danach, demjenigen vorgestellt zu werden, deshalb habe ich mich verabschiedet und bin gegangen.«

»Sie können uns aber sicherlich mehr über den Besucher sagen? Sie müssen ihm doch noch in der Wohnung begegnet sein.«

»Wer der Besucher war, weiß ich nicht. Ich habe nicht die geringste Ahnung.«

»Das ist doch haarsträubend, was uns hier aufgetischt wird. Herr Täuscher«, meldete sich der Staatsanwalt Dr. Fersch zu Wort, »das glaubt Ihnen doch kein Mensch! Sie wollen in dem engen Flur an dem Unbekannten vorbeigegangen sein, ohne ihn zu sehen? Das ist blanker Humbug.«

»Ich habe den Unbekannten nicht zu Gesicht bekommen. Er war in der Kammer, als mich die Clara zur Tür begleitete. Mir kam es vor, als wollte sie ihn vor mir verbergen. Eine Begegnung war nicht möglich, selbst wenn ich sie gewollt hätte.«

Darauf der Richter: »Kam Ihnen das Verhalten der Verstorbenen nicht seltsam vor? Haben Sie sie nicht zur Rede gestellt?«

»Nein, warum? Clara war ein freier Mensch, sie konnte tun und lassen, was sie wollte.«

»Aber hören Sie mal, Herr Täuscher! Ihre Verlobte empfängt fremde Herren, und es ist ihnen völlig gleichgültig? Sie möchten nicht wissen, wer der Besucher ist?«

»Unsere Beziehung war anders. Ich kann nur noch einmal sagen, sie war ein freier Mensch – wie hätte ich ihr da dreinreden können?«

»Und wir sollen Ihnen das jetzt so glauben? Finden Sie dieses Verhalten bei Verlobten, also künftigen Eheleuten, normal?«

»Es gibt für mich nichts weiter hinzuzufügen.«

»Gut, das führt zu nichts, lassen wir das mal so stehen. Reden wir über den Schmuck, unter anderem die grünen Smaragdohrringe, die ohne jeden Zweifel Clara Ganslmeier gehörten. Wie sind Sie in den Besitz dieser Gegenstände gekommen? Können Sie uns das erklären?«

»Die Clara hat mir die Sachen in die Überziehertasche gesteckt.«

»Aber das kann doch nicht sein! Als Clara Ganslmeier gegen fünf Uhr beim Metzger Rötzer für das Abendessen etwas Aufschnitt holte, hat sie ihre wertvollen Ohrringe und die Brillantringe noch getragen, genau die, die sie Ihnen schon vorher in die Tasche gesteckt haben soll. Das hat die Metzgermeistersgattin Rötzer so zu Protokoll gegeben. Denn nach Ihrer Erklärung waren Sie ja nur kurz in der Wohnung und sind bereits gegen halb fünf wieder fort gewesen. Das müssen Sie mir erklären. Für mich passt das Ganze nicht zusammen. Allein vom zeitlichen Ablauf her ist es nicht möglich. Wie sind Sie wirklich zu diesen Schmucksachen gekommen?«

»Sie wird die Duplikate getragen haben.«

»Welche Duplikate?«

»Sie hatte die Ohrringe zweimal, einmal echt und einmal falsch.«

»Jetzt wird es abstrus. Warum sollte sie ein und dasselbe Schmuckstück in zweifacher Ausführung haben?«

»Die beiden Ohrringe gleichen sich wie ein Ei dem anderen. Das Duplikat hat Clara vor Jahren auf dem Volksfest erstanden, nachdem sie die echten Ohrringe verloren geglaubt hatte. Sie wollte nicht, dass ihr Vater, von dem sie die Ohrringe als Geschenk erhalten hatte, es bemerkt. So hat sie sich das Doublé gekauft.«

»Und auf der Bartlmä Dult bekommt man falschen Schmuck, der vom echten nicht zu unterscheiden ist. Jetzt machen Sie sich aber schon zum Narren.«

Aus dem Zuschauerraum hört man verhaltenes Lachen.

»Wie Sie sehen, Herr Täuscher, glaubt Ihnen hier im Saal keiner die Geschichte. Wollen Sie uns nicht doch lieber die Wahrheit erzählen?«

»Ich sag die Wahrheit, aber bald sag ich gar nichts mehr, wenn sich das Publikum weiter so feindlich mir gegenüber verhält«, ruft Täuscher trotzig in den Saal.

»Ich verweigere die Aussage, ich werde erst wieder eine Erklärung abgeben, wenn ich es für nötig erachte!«

Täuschers Verteidiger Dr. Klar meldet sich zu Wort. »Sehr geehrter Herr Vorsitzender, ich möchte kurz mit meinem Mandanten sprechen.«

»Ich denke, das ist sinnvoll, Herr Kollege. Ihr Mandant redet sich um Kopf und Kragen.«

Trotz des Zuredens von Seiten seines Verteidigers verweigert Hubert Täuscher jede weitere Aussage. Nur die Frage, ob er die Mordtat verübt hat, beantwortet er mit einem lauten: »Nein!«

»Das Ganze hat jetzt im Augenblick keinen Sinn mehr. Ich unterbreche die Sitzung. Bitte finden Sie sich alle um sechs Uhr wieder zur Vernehmung des zweiten Angeklagten ein.«

Als die Verhandlung nach der Pause fortgesetzt wird, wird Luck Schinder befragt. Dieser, der wegen eines Verbrechens der Personen- und Sachhehlerei angeklagt ist, wegen Diebstahls und Urkundenfälschung mehrfach vorbestraft wurde und zuletzt wegen Meuterei fünf Monate im Gefängnis einsaß, macht vorsichtig abwägende Angaben von zweifelhafter Wahrheit. Im Verlauf seiner Aussage verwickelt er sich in Widersprüche, und die anfangs zur Schau gestellte Selbstsicherheit bekommt tiefe Risse. Er gibt an, er könne sich nicht mehr erinnern, wann und wo er in den Tagen vor der Tat mit »Herrn Täuscher zusammengetroffen ist«. Er vermeidet jeden Blickkontakt, spricht immer nur von »Herrn Täuscher«, versucht, sich gelassen zu geben.

»Ich bin mit Herrn Täuscher nur sehr oberflächlich bekannt, von einer Freundschaft kann auf gar keinen Fall die Rede sein«, sagt Schinder und weiter: »Ich bin dem Herrn Täuscher hin und wieder begegnet, ja, das möchte ich auch gar nicht abstreiten.«

»Wann hat Ihnen der Angeklagte die Schmuckstücke übergeben?«, will der Richter wissen.

»Ich habe den Herrn Täuscher zufällig am Bahnhof getroffen, und er hat mich gefragt, ob ich die Sachen für ihn verkaufen könnte.«

»Kam Ihnen das nicht seltsam vor, von einem oberflächlichen Bekannten in einer solchen Angelegenheit angesprochen zu werden?«

»Ich habe mir nichts dabei gedacht, Herr Richter.«

»Haben Sie nicht nachgefragt, woher die Sachen stammen?«

»Nein, das habe ich nicht. Ich habe angenommen, es ist alter Familienschmuck. Herr Täuscher stammt doch aus einer angesehenen Familie. Ich hab nicht geglaubt, dass so ein feiner Herr wie er zu solch einer Tat fähig ist.«

Freitag, 7. April 1922, Landshut, Martinsfriedhof, Erika Täuscher, 11.38 Uhr mittags

Bis zum Mittagessen war noch etwas Zeit, gerade genug, um mit dem neuen Ball, den ihr der Vater geschenkt hatte, draußen zu spielen. Erika schlich an der Küche vorbei über den Flur, drückte langsam und vorsichtig die Türklinke nach unten und zwängte sich durch den Türspalt nach draußen. Schnell sprang sie die zwei Stufen vor dem Haus hinunter und lief über den Hof. Die Affenschaukeln, zu denen die Mutter ihr Haar geflochten hatte, wippten auf und nieder. Auf der anderen Seite angekommen, zog sie den grünen Wolljanker aus und legte ihn neben sich auf den Boden. Erika warf den Ball gegen die Wand und fing ihn wieder auf. Immer und immer wieder. Die viel zu großen dicken Wollstrümpfe rutschten ihre Beine hinab und schoppten sich über den Knöcheln zusammen. Erika seufzte und unterbrach ihr Spiel, zog eilig die Strümpfe hoch, um gleich weiterspielen zu können.

Als der Ball unglücklich von der Hausmauer zurückprallte und sie ihn nicht mehr fangen konnte, trat plötzlich ein Mann aus dem Schatten der Kirche.

Der Fremde stoppte den rollenden Ball mit dem Fuß, hob ihn auf und gab ihn ihr zurück.

»Da, Mädl, da hast ihn wieder, deinen Ball. Warte mal. Du bist doch die Schwester vom Hubert? Die Erika.«

Sie zuckte zusammen und blickte zu ihm auf. Der Mann lächelte sie freundlich an, aber trotz des Lächelns fand sie ihn nicht nett. Etwas an ihm störte sie.

»Kennst mich nicht? Ich bin der Albert. Ich war mit dem Hubert in der Schule.«

Erika schaute den Fremden, der ihr den Ball hinhielt, schweigend an.

»Ja, du kannst mich ja nicht kennen, du warst ja damals noch ein Butzerl. So klein warst.«

Der Fremde zeigte Erika mit beiden Händen an, wie klein sie damals gewesen war, etwa so wie ihre Babypuppe, die wamperte Bertha. Sie wusste nicht, was sie von ihm halten sollte. Das Gesicht war freundlich, und doch blieb sein Blick kalt.

»Magst ein Guatl?«

Er griff in die Tasche und holte eine Tüte mit Bonbons heraus. Erika schaute stumm zu dem Mann auf, dann zur Tüte und wieder zu ihm. Er sah nicht böse aus, auch wenn sein Gesicht sie an die hölzernen Larven der Kasperlfiguren im Puppentheater erinnerte, er kannte den Hubert, und er wusste ihren Namen. Sie nickte, zögerte. »Du brauchst keine Angst vor mir zu haben, kannst ruhig eins nehmen.«

Erika war unentschlossen.

»Ich tu dir nichts. Naschst du auch so gerne wie der Hubert? Komm, wir setzen uns ein bisserl auf die Staffeln dort gleich gegenüber von eurem Haus.«

Dann griff Erika in die Tüte, was konnte ihr schon passieren? Der Fremde wollte sie nirgendwohin mitnehmen, er wollte sich nur hier gleich neben dem Haus auf die Stufen setzen. Sie brauchte keine Angst zu haben. Sie konnte jederzeit nach Hause laufen, und so setzte sie sich neben dem Mann auf die Treppen zur Martinskirche.

»Schmeckt's, das Guatl?«

Sie nickte kurz, das Bonbon in ihrem Mund schmeckte nach Himbeeren. Der Geschmack breitete sich in ihrem ganzen Mund aus, je mehr sie lutschte, desto intensiver wurde er.

»Magst die ganze Rogl? Kannst sie schon nehmen, ich kann mir eine neue kaufen, und ich mag Guatln eh nicht so gern.«

Erikas Augen leuchteten, sie nahm die Tüte, hielt sie in den Händen wie einen Schatz. Ganz leise, kaum hörbar, brachte sie das erste Wort heraus: »Danke.«

»Passt schon. Wie geht's dem Hubert? Hab ihn schon ganz lange nicht mehr gesehen.«

Erika erschrak, die Mutter hatte ihr eingeschärft, sie solle mit niemanden über den Hubert sprechen. Nicht darüber, wie viel Kummer und Sorgen er dem Vater und der Mutter machte. Aber der freundliche Herr fragte nun nach dem Hubert. Und er hatte ihr diese guten Bonbons geschenkt, die außen nach Himbeeren und innen nach Brause schmeckten. Die ganze Tüte hatte er ihr gegeben.

»Nicht so gut, aber ich darf nichts sagen«, antwortete Erika leise.

»Warum? Was ist denn passiert? Ist er krank, der Hubert?«

Erika überlegte kurz, dann erzählte sie dem Freund vom

Hubert, was sie wusste. Die Mutter weinte den ganzen Tag, weil doch der Hubert so was Schlimmes gemacht hatte. Und der Vater, der kam gar nicht mehr aus der Fabrik heraus, wegen der Schande und dem Ganzen. Zu Hause erzählt hatten sie ihr nichts, aber gestern in der Schule, da hatten die anderen Kinder gesagt, dass ihr Bruder, der Hubert, die Ganslmeier umgebracht hat.

»Die Gurgel hat er ihr durchgeschnitten!«, hatte der Müller Ernstl gerufen.

Und wie sie ihnen gesagt hat, dass das eine hundsgemeine Lüge ist, da haben sie mit der Hand so getan, als würden sie ihr auch die Gurgel durchschneiden. Da hat sie zum Weinen angefangen, weil die Kinder in der Schule so garstig zu ihr waren. Heute hatte die Mutter sie dann nicht in die Schule gehen lassen. Sie hatte sich heimlich aus dem Haus geschlichen, um wenigstens mit ihrem neuen Ball spielen zu können. Den hatte ihr der Vater erst gestern geschenkt, weil sie doch so traurig gewesen war, wegen den anderen Kindern in der Klasse.

»Und mochtest du denn die Clara?«

Erika schaute den Fremden ganz lange an, dann sagte sie: »Die Ganslmeier tut mir nicht leid, die hab ich nie leiden können. Das hab ich dem Hubert auch einmal gesagt, dass sie ein alter Scherben ist, genau das hab ich ihm gesagt, und dann hat er mir eine Schellen gegeben. Die Mutter hat ihn dafür ausgeschimpft, weil man seine kleine Schwester doch nicht schlägt. Aber er hat später, wie es die Mutter nicht hören konnte, zu mir gesagt, dass ich ein kleines neugieriges Luder bin, und wenn ich ihm weiter nachspioniere, dann würd ich schon sehen, was mit mir passiert.«

Und dann hatte er eine schlimme Grimasse geschnitten,

und sie hatte Angst vor ihm bekommen und sich den ganzen Tag nicht aus dem Zimmer herausgetraut. Auch vor dem Freund vom Hubert, dem Luck, hatte sie Angst, der war zwar nur ein-, zweimal da gewesen, aber der hatte so böse Augen, und davor hatte sie sich so gefürchtet, dass sie in der Nacht sogar davon geträumt hatte.

»Ich hab auch einen großen Bruder, der hat auch nicht gewollt, dass ich ihm nachspioniere, aber ich hab es trotzdem gemacht. Ich hab mich in sein Zimmer reingeschlichen und überall nachg'schaut. Damit der es nicht gesehen hat, hab ich mir genau gemerkt, wie alles dagestanden ist, und es wieder genau so an den Platz gestellt. Der ist mir nie draufgekommen. Wie steht es da mit dir? Schaust du auch immer nach?«

Der Fremde zwinkerte Erika zu.

»Ja, manchmal schon, dann schleiche ich mich in das Zimmer vom Hubert, aber die Mama und der Hubert dürfen das nicht wissen.«

»Und hast schon mal was gefunden? Einen Schatz vielleicht? Oder Schmuck, den er seinem Gspusi schenken wollt?«

»Nein, einen Schatz hab ich nie gefunden, und Schmuck kann der Hubert gar nicht kaufen. Die Eltern geben ihm kein Geld mehr, weil er doch alles gleich zum Fenster hinauswirft, sagt der Vater. Aber Heftchen hab ich gefunden mit ganz vielen Detektivgeschichten drin. Die liegen alle in der Kiste unter seinem Bett.«

»Wann hast denn das letzte Mal nachg'schaut, vielleicht hat der Hubert was versteckt, ehe ihn die Polizei abgeholt hat?«

»Die Polizei hat den Hubert nicht bei uns abgeholt.«

»Ja, aber wo war er denn dann, der Hubert?«

»In München war er. Den Vater hätte der Schlag getroffen, hat die Mutter gesagt, wenn sie den Hubert bei uns verhaftet hätten. Die Schande hätte er nicht überlebt.«

»Ist er denn nicht mehr nach Hause gekommen? Du weißt doch mehr, oder? So ein g'scheites Mädchen, wie du eins bist.«

Erika hielt sich den Zeigefinger vor den Mund. »Das darf aber die Mama nicht wissen.«

»Wann hast du denn den Hubert zuletzt gesehen?«

»Das war am Donnerstag beim Abendessen, da hat er mich noch ausgeschimpft, weil mir der Knödel in die Soße gefallen ist und überall Spritzer waren. Auf dem Tischtuch, sogar auf seiner Krawatte waren welche. Wenn die Mutter nicht da gewesen wäre, hätte er mir bestimmt eine runtergehauen, so grantig war er. Aber die Mutter, die hat ihm die Spritzer dann rausgewaschen.«

»Und du bist dir ganz sicher, dass der Hubert nicht mehr daheim war und was versteckt hat? Ein Notizbuch vielleicht?«

Erika schnaufte übertrieben durch. »Bist du dumm! Da brauch ich nicht nachschauen. Weil doch der Hubert gar nicht mehr nach Hause gekommen ist. Wie hätt er denn dann da was verstecken sollen?«

Auf der anderen Seite des Platzes ging die Haustür auf, plötzlich stand die Mutter auf der Türschwelle und sah sich suchend um. Erika sprang auf. »Ich muss jetzt gehen, die Mutter sucht mich. Und recht schönen Dank für die Guatln.«

Den Ball unter dem einen Arm und die Tüte mit den

Bonbons in der Hand, lief sie über den Platz auf das Haus zu.

Als die Mutter sie fragte, warum sie, ohne ihr etwas zu sagen, aus dem Haus fort sei und mit wem sie gesprochen habe, zuckte Erika nur mit der Schulter.

»Den Namen hab ich vergessen, er hat gesagt, er war mit dem Hubert in der Schule.«

»Erika, ich hab dir gesagt, dass ich nicht will, dass du draußen spielst, und mit Fremden darf man nicht mit.«

»Ich bin doch gar nicht mit, Mama. Wir haben nur geredet.«

»Trotzdem, ich will das nicht, hast mich verstanden! Was wollte der denn von dir?«

»Ausgefragt hat er mich, wegen dem Hubert, aber ich hab nichts gesagt. Die Guatln hat er mir geschenkt, und ganz komische Schuhe hat er angehabt.«

Dann ging sie hinauf in ihr Zimmer.

Dienstag, 11. Juli 1922,
Volksgericht Landshut,
zweiter Verhandlungstag,
10 Uhr vormittags

Der Sitzungssaal ist wie am ersten Verhandlungstag bis auf den letzten Platz gefüllt, auch heute betritt Täuscher den Raum vor Schinder. Elegant gekleidet, als ginge er in die Oper. Er sitzt da mit verschränkten Armen, die Beine überkreuzt, verstockt. Nur die hektischen roten Flecken im Gesicht verraten seine Anspannung.

Schinder hingegen lacht und scherzt wie am vorangegangenen Tag. Er winkt den Zuschauern zu. Gibt sich sehr entspannt.

Dr. Kammerer eröffnet die Verhandlung.

»Herr Täuscher, ich möchte von Ihnen noch einmal wissen, wie das war mit den Ohrringen.«

»Das habe ich gestern schon gesagt.«

»Ich würde es aber gerne noch einmal von Ihnen hören. Die Verstorbene Clara Ganslmeier soll Ihnen demnach den Schmuck in die Tasche des Überziehers gesteckt haben.«

»Ja.«

»Und wann haben Sie das bemerkt? Können Sie sich daran erinnern?«

»Wie ich in die Tasche gelangt habe, um meine Handschuhe herauszuholen.«

»Waren Sie da nicht überrascht – über ein so nobles Geschenk? Ich meine, einem Herrn steckt man doch nicht jeden Tag ein Paar Smaragdohrringe in die Tasche.«

Täuscher antwortet nicht.

»Lassen Sie mich anders fragen. Sie haben gesagt, Sie hätten es bemerkt, als Sie die Handschuhe aus der Tasche holen wollten. Wann war das? In der Wohnung oder später?«

»Unten auf der Straße.«

»Und warum sind Sie dann nicht wieder hoch und haben den Schmuck zurückgebracht? Sie müssen doch überrascht gewesen sein.«

Der Angeklagte zuckt mit den Schultern. »Weiß nicht.«

»Wissen Sie, Herr Täuscher, das Seltsame ist nur, Clara Ganslmeier hat die Ohringe später noch getragen, wie wir von einer Zeugin wissen, und die Geschichte mit dem doppelten Paar, die glaubt Ihnen nun wirklich niemand, vor allem auch deshalb nicht, weil kein weiteres Paar Smaragdohrringe gefunden wurde. Weder in der Wohnung noch bei den anderen geraubten Schmuckstücken. Es ist auch gar nicht möglich, es gibt nämlich nur ein Paar.«

»Vielleicht hat die Zeugin sich geirrt, und Clara hat andere Ohrringe getragen.«

»Das wird sich leicht feststellen lassen, denn die Zeugin wird heute noch befragt werden. Mir wäre es jedoch lieber, Herr Täuscher, wenn Sie mir jetzt dazu alles sagen würden. Es wäre besser in Ihrer Situation.«

»Ich habe Ihnen alles gesagt, die Clara hat mir öfters was in den Mantel gesteckt. Sie war sehr großzügig.«

»Wollen Sie jetzt sagen, sie hat Ihnen nach und nach den gesamten Schmuck in die Tasche des Überziehers gesteckt? Das ist aber sehr abenteuerlich.«

»Nein, nur die Ohrringe hat sie mir zugesteckt.«

»Herr Täuscher, es geht hier um Raub und Mord, ist Ihnen das klar?«

»Ich möchte dazu nichts mehr sagen.«

»Aber diese beiden Dinge hängen zusammen, Herr Täuscher.«

»Die Clara war am Leben, wie ich gegangen bin, und die Ohrringe hat sie mir gegeben.«

»Gut, dazu werden wir die Zeugin befragen.«

Der Richter ordnet seine Unterlagen. »Dann erzählen Sie mir doch etwas über Ihre Liebschaften.«

»Das möchte ich nicht, das ist meine private Angelegenheit.«

»Das müssen Sie schon mir überlassen. Ich würde gerne etwas über Ihre Beziehung zu Thea Schwankl erfahren.«

»Ich möchte nicht, dass meine Braut in diese Sache verwickelt wird.«

»Welche Braut, Herr Täuscher? Sie waren doch mit dem Fräulein Ganslmeier verlobt, und hier vor Gericht nennen Sie Fräulein Schwankl Ihre Braut – wie viele Bräute haben Sie denn? Ich finde, es ist an der Zeit, mit diesem Spiel aufzuhören. Clara Ganslmeier war in Ihrer Familie als Ihre Verlobte eingeführt, und als solche fühlte sie sich wohl auch. Hier vor Gericht nun ist die Braut das Fräulein Schwankl, dem Sie falsche Hoffnungen machten und deren Unerfahrenheit Sie schändlich ausnützten.«

Der süffisante Ton des Vorsitzenden ist unüberhörbar. »Ihr moralisches Niveau, Herr Täuscher, oder sollte ich besser sagen, das völlige Fehlen eines solchen, kennzeichnet sich dadurch, dass Sie beide Frauen gegeneinander ausspielten, beiden versprachen, es ernst mit ihnen zu meinen, und sie beide doch nur hinters Licht führten. Bei der einen waren Sie am Geld interessiert, bei der anderen an ihrer Jugend.«

»Das stimmt nicht!«

»So, wie es aussieht, waren Clara Ganslmeier und Thea Schwankel nur zwei von vielen.«

»Das ist eine Unterstellung.«

»Es ist doch wohl keine Unterstellung, dass Sie lauter fixe Ideen im Kopf hatten – so nahmen Sie bei der Ermordeten Klavierstunden, bei einer hiesigen Offiziersfrau Violinunterricht und bei einer weiteren Lehrerin Gesangsunterricht.«

»Ich kann tun und lassen, was ich will! Das ist nicht verboten!«

»Natürlich ist es nicht verboten, ich führe hier nur aus, dass Sie ein vielseitig musisch interessierter Mensch zu sein scheinen. Und nicht nur das, es würde bei weitem unseren Zeitrahmen sprengen, Ihre diversen Aktivitäten auch nur annähernd zu erläutern und uns so Ihr mehr als unstetes Wesen vor Augen zu führen.«

»Was hat das mit Claras Tod zu tun?« Täuscher springt auf.

»Setzen Sie sich! Es hat sehr viel damit zu tun, und ich möchte nicht, dass Sie mich noch einmal unterbrechen. Herr Anwalt, bitte weisen Sie ihren Mandanten darauf hin, dass ich mich nicht noch einmal unterbrechen lasse!«

»Herr Täuscher, bitte setzen Sie sich und lassen Sie den Herrn Vorsitzenden jetzt zu Ende reden.«

»Aber ich …«

»Lassen Sie es jetzt gut sein.« Dr. Klar zieht seinen Mandanten am Ärmel, und Hubert Täuscher setzt sich widerwillig.

»Es ist doch richtig, Herr Täuscher, mal träumten Sie von einer großen Karriere als Sänger, dann wollten Sie zum Film. Doch alle von Ihnen angestellten Bestrebungen, in welche Richtung auch immer, waren nur von kurzer Dauer. Sie drehten sich ständig wie das Fähnchen im Wind. Einer richtigen Tätigkeit nachzugehen und im Geschäft Ihres Vaters zu arbeiten behagt Ihnen wohl gar nicht?«

»Auf solche Vorhaltungen antworte ich nicht. Das hier hat alles nichts mit dem Mord zu tun. Wollen Sie nicht endlich den richtigen Täter suchen?«

»Wollen Sie mir nicht meine Frage beantworten?«

»Das habe ich schon, es ist meine private Angelegenheit.«

»Ich habe keine Lust, mich länger von Ihnen zum Narren halten zu lassen.«

»Ich sage hier nur die Wahrheit, ich lüge nicht! Nachdem ich die Wohnung am Mordtag verlassen hatte, habe ich Herrn Schinder um halb sechs hinauf zur Ganslmeier geschickt.«

»Der lügt doch, wenn er den Mund aufmacht! Ich war nie da oben, was hätte ich da sollen?«

Luck Schinder winkt ab, wendet dem Hauptangeklagten den Rücken zu.

»Der Herr Schinder hat recht, was für einen Grund hätte es gegeben, ihn hinauf in die Wohnung Ganslmeier zu schicken?«, wirft der Richter ein.

»Ich … ich wollte ausspionieren, ob der Besuch noch oben war. Ich wollte dies alles erst nach der Zeugenvernehmung sagen, aber Sie lassen mir ja keine andere Wahl.«

»Seien Sie mir nicht böse, aber das macht doch keinen Sinn. Sollte diese Geschichte der Wahrheit entsprechen, verstehe ich nicht, warum Sie sie nicht gleich erzählen wollten. Was sollte Ihnen eine Erklärung nach der Zeugenvernehmung bringen?«

»In der Vernehmung der Zeugen wird herauskommen, dass ich die Wahrheit sage. Ich muss mich nicht selbst erklären, alles wird sich von selbst ergeben.«

Dr. Kammerer schüttelt den Kopf. »Herr Täuscher, seien Sie kein Narr.«

»Die Clara war noch am Leben, als ich sie verließ!«

Der Staatsanwalt meldet sich zu Wort: »Das ist doch alles Humbug!«

»Sie war noch am Leben!«

»Hören Sie mir doch auf, jeder der Anwesenden hier im Saal, der auch nur einen Funken Verstand besitzt, erkennt doch sofort: Sie haben die beiden wehrlosen Frauen umgebracht. Gestehen Sie doch endlich.« Der Staatsanwalt schlägt mit der flachen Hand auf den Tisch.

»Herr Kollege, mit Verlaub, noch ist nichts bewiesen, und so lange ist mein Mandant unschuldig«, meldet sich Dr. Klar zu Wort.

Täuscher verliert völlig die Fassung, schlägt um sich, schreit verzweifelt, bis seine Stimme sich überschlägt: »Sie war noch am Leben, und ich habe sie nicht getötet. Warum glaubt mir denn niemand, Clara war noch am Leben! Ich hatte keinen Grund, sie zu ermorden. Ich muss mich nicht erklären, alles wird herauskommen. Alles!«

Er tobt, rast, die im Saal anwesenden Gendarmen eilen auf ihn zu, versuchen ihn festzuhalten.

»Herr Täuscher, bleiben Sie ruhig, das bringt so nichts.« Sein Verteidiger spricht auf den Verzweifelten ein. »Solche Auseinandersetzungen schaden uns in der Sache, glauben Sie mir.«

»Aber sie war doch am Leben …«

»Vertrauen Sie mir und setzen Sie sich wieder.«

Schließlich nimmt Täuscher wieder auf der Anklagebank Platz. Weiß wie die Wand und um Fassung ringend, streift er sich mit zitternder Hand eine Haarsträhne zurück, die ihm ins Gesicht gefallen ist.

Nach diesem Zwischenfall und nachdem sich die Aufregung im Saal wieder gelegt hat, beginnt die Zeugenvernehmung. Als erste Zeugin wird die Geliebte Täuschers, die Kontoristin Thea Schwankl, aufgerufen. Sie kommt herein, geht direkt auf ihren Platz vor dem Richtertisch zu, vermeidet es dabei, den Angeklagten anzusehen. Im Sitzungssaal ist es mit einem Mal totenstill. Blass und zerbrechlich sieht sie aus. Alle Augen sind auf sie gerichtet. Auf Nachfrage des Vorsitzenden räumt sie mit kaum hörbarer Stimme und rotgeweinten Augen ein, dass ihr Verhältnis zum Angeklagten nicht mehr bestehe. Sie bricht ab, ist nicht fähig, weiterzusprechen, der Körper bebt unter Weinkrämpfen. Immer wieder muss ihre Befragung unterbrochen werden, ehe sie sich wieder fängt und fortfahren kann.

»Er hat mich immer schon hintergangen und hinter meinem Rücken andere Liebschaften unterhalten. Ich habe es zwar geahnt, aber nicht sehen wollen. Als er in der Mordnacht neben mir im Bett gelegen ist, da ist er sehr unruhig gewesen, immer hin und her hat er sich gewälzt.

Auch davor war Hubert den ganzen Abend über ganz anders als sonst. Schlampig und abgerissen hat er ausgesehen, das kenne ich so von ihm nicht. Die Kleidung, die Haare, nichts war so, wie ich es von ihm gewohnt war.

Kurz vor dem Zubettgehen hat er mir ein goldenes Kettenringerl geschenkt. Die Polizei sagt, es stammt nicht aus dem Besitz der Ganslmeier, ich möchte Sie bitten, ob ich es hier zurückgeben darf? Ich will es nicht haben.«

Sie spricht sehr leise, hält in der rechten Hand ihr Taschentuch fest umklammert.

»So leid es mir tut, Fräulein Schwankl, aber ich kann nicht zulassen, dass Sie dem Angeklagten hier im Saal etwas übergeben. Auch wenn es nur so etwas Kleines wie ein Kettenring ist. Sie können es aber bei Gericht hinterlegen, und ich selbst werde dafür Sorge tragen, dass es dem Angeklagten später, nach der Verhandlung, ausgehändigt wird.«

Thea Schwankl nickt, und mit einem Mal geht ein Ruck durch ihren Körper, und sie sagt mit fester Stimme: »Ich kann nicht glauben, dass Hubert die Tat verübt hat. Dass er mich hintergangen hat, tut mir fürchterlich weh, aber dass er zwei Menschen auf solch eine grausame Art und Weise umgebracht haben soll, verstehe ich nicht.«

Dann wendet sie sich zum Angeklagten: »Hubert, ich bitte dich! Wenn du mich je geliebt hast, sag die Wahrheit! Sag es mir zuliebe.«

Beim Blick durch die Zuschauerreihen kann man sehen, wie ergriffen das Publikum bei diesen Worten ist. Auch Täuscher selbst ringt um Fassung.

»Ich war es nicht.«

»Dann sag, was du weißt, Hubert, bitte! Ich flehe dich an.«

»Ich … ich hab alles gesagt, was ich zu sagen habe.«

Täuscher sitzt da mit versteinerter Miene, zitternd am ganzen Körper.

In rascher Folge werden nun die weiteren Zeugen aufgerufen.

Die Zeugin Betty Günzinger sah am besagten Tag um halb fünf Uhr die beiden Angeklagten aus dem Hofgarten kommen.

Die Zeugin Magdalena Büttner sagt aus, Täuscher und Schinder am Donnerstag um kurz nach halb fünf Uhr in der Grasgasse getroffen zu haben.

Die Metzgermeistersgattin Traudl Rötzer bekundet, dass Clara Ganslmeier noch um Viertel vor fünf Uhr in ihrem Laden einkaufte und es sehr eilig hatte, da sie in der rhythmischen Sportgymnastik Klavier spielen musste. Sie ist es auch, die den geraubten Schmuck noch bei der Ganslmeier gesehen haben will.

»Ich kann mich ganz genau daran erinnern, dass die Clara mit der Kette des Lorgnon gespielt hat, während sie mit mir sprach, und auch die Ohrringe sehe ich noch deutlich vor mir. Ach Gott, ich habe die Smaragdohrringe so oft an ihr bewundert. Sie haben dem Fräulein Ganslmeier so gut gestanden, und nie ist sie müde geworden, mir zu sagen, dass der Schmuck ihr Liebstes sei, weil sie ihn doch vom Vater bekommen hat.«

Schließlich die Hauptzeugin, die Kassiererin Bertha Beer, die sich bei der Ermordeten einmieten sollte. Die Zeugin bestätigt dem Gericht mit Nachdruck, dass sich Clara Ganslmeier ihr gegenüber äußerte, sie fürchte sich vor Täuscher.

»Sind Sie sich sicher? Hat die Verstorbene es Ihnen so

gesagt, sie fürchte sich vor dem Angeklagten?«, hakt der Richter nach.

»So nicht.«

»Wie hat sie es denn gesagt?«

»Sie hat gesagt, er sei ein ausgekochter Lump, ein Bazi, der zu jeder Schandtat fähig ist.«

»Sie waren ja mit den Verhältnissen im Hause der Ermordeten vertraut. Können Sie sich vorstellen, dass das Fräulein Ganslmeier die Ohrringe hergegeben, verschenkt hat?«

»Nein, das ist ausgeschlossen, Herr Richter. Die Schmucksachen sind der Toten das Liebste gewesen. Genau dieses Wort hat sie dafür immer gebraucht, ›das Liebste‹. Nie hätte sie auch nur ein kleines Teil davon hergeschenkt.«

»Was sagen Sie zu der Aussage des Hauptangeklagten, es hätte zwei Paar identische Ohrringe gegeben, eines echt, das andere falsch?«

»Nie und nimmer! Von einem zweiten Schmuck kann schon gar nicht die Rede sein. Das ist absolut lächerlich.«

»Warum ist das so abwegig? Es hätte doch sein können.«

»Das kann ich mir nicht vorstellen, schon deshalb, weil doch die Clara nie ein Doublé getragen hätte. Aber dass sie sich vor dem Angeklagten gefürchtet hat, das kann ich bezeugen. Ich hätte mich auch gefürchtet. Das kann man sich doch denken, dass so ein junger Kerl es nur auf ihr Geld und den Schmuck abgesehen hat. So mancher würde schon für weniger einen umbringen, ich an ihrer Stelle hätte Angst gehabt.«

»Hat sie Ihnen gegenüber irgendwelche Andeutungen gemacht?«

»Das nicht so direkt, aber ich habe es gespürt, das muss

man nicht direkt sagen, das fühlt man. Wenn Sie mich fragen, hat die Clara genau gewusst, was auf sie zukommt, denn nur wenige Tage vor ihrem Tod hat sie zu mir gesagt: ›Der Hubert ist ein ganz niederträchtiger und gemeiner Mensch.‹ Was hätte sie denn sonst damit meinen sollen, das sagt doch alles.«

Täuscher springt von seinem Platz auf, versucht, zu der Zeugin zu gelangen, und schreit, dabei wild gestikulierend: »Mit solch ordinären Personen wie dieser Zeugin ist die Clara nie verkehrt. Diese Frau ist unter Claras Niveau. Ich kann mir nicht vorstellen, dass sich meine Clara dieser Person gegenüber in solch einer Art und Weise geäußert hat. Die macht sich doch nur wichtig, die lügt, wenn sie den Mund aufmacht.«

Bertha Beer lässt sich nicht beirren, hält an ihrer Aussage fest und führt sogar zur Bekräftigung weiter aus: »Die Ganslmeier hat auch schon viel früher gesagt: ›Wenn ich den Mund aufmache, kommt er ins Zuchthaus.‹ Genau das hat sie gesagt, da sieht man doch, was für einer das ist. Ein schlechter Mensch ist das, ein ganz ein verkommener.«

»Wissen Sie, was die Verstorbene mit den Anschuldigungen gegenüber dem Angeklagten gemeint haben könnte? Hat sie sich Ihnen gegenüber da etwas näher geäußert?«

»Was Konkretes hat sie nicht gesagt. Und es ist auch nicht meine Art, zu insistieren.«

»Sie hatten doch nach Ihrer Aussage ein Vertrauensverhältnis, da erzählt man sich doch das eine oder andere. Und gerade wenn man solche Vorwürfe gegenüber dem eigenen Verlobten erhebt.«

»Von einer Verlobung, da weiß ich gar nichts. Aber dass

der da ein Weiberer ist, das weiß ich«, Bertha Beer deutet mit dem Finger auf den Angeklagten, »und nicht nur ich, das ist stadtbekannt. Das weiß ich auch von der Frau Günzinger.«

»Haben Sie Ihre Informationen nun von der Frau Günzinger oder von der Verstorbenen? Wie eng waren Sie denn mit dem Fräulein Ganslmeier befreundet, wie oft haben sie sich denn gesehen?«, will Dr. Klar, der Anwalt Täuschers, von der Zeugin wissen.

»So oft auch nicht. Meine Schwester kannte das Fräulein Ganslmeier durch den Liederkreis.«

»Und doch erhebt sie Ihnen gegenüber so schwerwiegende Anschuldigungen in Bezug auf den Angeklagten? Sie muss doch da noch mehr gesagt haben, da muss es doch einen Anlass gegeben haben?«

Die Zeugin zuckt mit der Schulter und sagt, an den Richter gewandt:

»Da weiß ich jetzt gar nicht, was ich darauf sagen soll, sie hat nie etwas Konkretes gesagt, Herr Richter.«

Auguste Kölbl, die nach ihrer Schwester in den Zeugenstand gerufen wird, war nach eigenen Angaben mit den Verhältnissen der beiden Ganslmeier eng vertraut und bestätigt Bertha Beers Aussage in allen Punkten.

Mittwoch, 22. März 1922,
Landshut, Lichtspielhaus Kammer,
Bürstenfabrikantensohn Hubert Täuscher,
3.17 Uhr nachmittags

Acht Tage war es her, dass Hubert mit dem Luck Schinder versackt war. Hubert hatte sich den halben Tag freigenommen, und wie jeden Mittwoch und Donnerstag war er am Abend mit Clara verabredet. Sie erwartete ihn gewöhnlich um halb acht, wenn der letzte Klavierschüler gegangen war und sie die Mutter zur Nachtruhe fertig gemacht hatte.

Gegen Mittag war er ins Kaffeehaus, später dann ins Kino gegangen. *Das Diadem der Zarin*. Schinder war mit ihm.

»Und hast es dir überlegt?«

»Was überlegt?« Hubert wusste zuerst nicht, wovon die Rede war.

»Die Sache mit dem Schmuck. Ich habe einen an der Hand, der würde uns einen guten Preis dafür zahlen.«

Luck saß neben Hubert in der Loge und redete leise auf ihn ein.

»Ich weiß nicht.«

»Was heißt da, du weißt nicht? Willst aus dem Kaff hier raus und Schauspieler werden? Leben! Hubert! Oder willst hier in Landshut versauern? Den ganzen Tag im Laden stehen und ab und zu nach München. Und das alles mit deiner Clara an der Seite.«

»Nein, das will ich nicht, aber … ich weiß nicht.«

»Ich hab geglaubt, du bist so ein kalter Hund, bist halt doch bloß ein Mamaluk. Du hast doch ein Madl in München.«

»Ja, das schon.«

»Glaubst, die wartet ewig? Du musst dich entscheiden, Hubert. Das Leben ist da draußen, nicht hier. Und eine solche süße Maus in München, die sucht sich einen anderen, wennst nicht weißt, was du willst. So sind sie, die Weiber, und am Schluss bleibst bei deiner vertrockneten Zitrone Clara hocken.«

Schinder hörte nicht auf, auf Täuscher einzureden, dem war schon ganz wirr im Kopf. Freilich wollte er weg und nicht hier versauern. Und die Clara, die wollte er auf keinen Fall sein Lebtag am Hals haben. Aber deswegen was riskieren?

»Das Ganze fällt doch gleich auf mich zurück. Die Clara hat mir eh schon die Hölle heißgemacht, weil ich die Uhr von ihrem Vater versetzt hab, und wenn der Schmuck weg ist, was meinst, was da los ist? Das kann ich nur machen, wenn auch wirklich keiner draufkommt, dass ich was mit der Sache zu tun hab. Luck, verstehst?«

»Schau mich an, du redest mit keinem, der das zum ersten Mal macht. Ich kenn mich aus. Du kannst mir vertrauen.«

Luck Schinder rückte ein Stück näher an Hubert heran.

»Alles, was du machen musst, ist, du musst mich reinlassen in die Wohnung. Den Rest erledige ich.«

»Ich weiß doch nicht einmal genau, wo sie den Schmuck hat.«

»Haltst mich für blöd? Die meisten Leute haben das Zeug an der gleichen Stelle, da gibt's nicht viele Möglichkeiten. Je weniger du weißt, desto besser, deine Clara wird gar nicht draufkommen, dass du was mit der Sache zu tun hast. Vertrau mir, Hubert. Schlag ein!«

Schinder hielt Hubert die Hand hin. Dieser zögerte einen Moment, dann schlug er ein.

»Gut, abgemacht ist's. Aber ich bin aus dem Schneider.«

»Keine Sorge! Wann gehst wieder zu ihr?«

»Heute zwischen halb und drei viertel acht und morgen um die gleiche Zeit.«

»Heute geht's nicht, aber morgen. Ich warte an der Ecken zur Bindergasse auf dich. Du gibst mir ein Zeichen, wennst mich gesehen hast, und ich geh dann einfach hinter dir her.«

»Was für ein Zeichen?«

»Irgendwas wird dir schon einfallen, dann streifst halt mit der Hand über deine Hutkrempe.«

Hubert nickte.

»Das wäre es dann, dann ist ja alles ausgemacht. Jetzt schaun wir uns den Film an, und danach bleib ich hier herinnen sitzen, und du gehst schon raus. Ich will nicht, dass uns einer zusammen sieht, ist besser so.«

Gleich am nächsten Tag, am 23. März, ging Hubert Täuscher abends zwischen halb und drei viertel acht Uhr zur Ganslmeier, wie an jedem Donnerstag. Nur wartete diesmal Luck Schinder an der Ecke zur Bindergasse auf ihn. Als Täuscher, aus der Kirchgasse kommend, in die Neustadt einbog, gab er ihm das vereinbarte Zeichen, und Schinder folgte ihm. Sie vermieden es, nebeneinanderzugehen, sie hielten es für besser, wenn sie keiner zusammen sah. Schinder blieb immer ein paar Schritte hinter Täuscher, der Abstand zwischen den beiden war gerade groß genug, dass Luck ins Haus schlüpfen konnte, ehe die Haustür wieder ins Schloss fiel. Im Haus stiegen sie nacheinander die Treppen hoch. Vor der Wohnungstür der Ganslmeier blieb Hubert Täuscher stehen, wartete einen Augenblick, ehe er an der Tür klingelte, Zeit genug, dass Schinder an ihm vorbei die Stiege weiter hinauf auf den Speicher steigen konnte. Sie hatten vereinbart, dass er dort wartete, bis Hubert die Wohnung wieder verließ. Täuscher hatte Schinder erzählt, dass ihn die Clara immer hinunter zur Haustür begleitete. Sie nahm keinen Schlüssel mit, ließ die Wohnungstür dabei stets offen, Zeit genug, in die Wohnung hineinzugehen, ohne dass ein anderer etwas davon mitbekommen konnte.

Und so war es auch. Bis abends um zehn Uhr saß Hubert mit Clara beim Tee im Salon, danach verabschiedete er sich, und sie begleitete ihn wie immer hinunter zur Haustür. Im Hinuntergehen pfiff er ein paar Noten aus der *Csárdásfürstin*, so wusste Schinder, dass beide auf dem Weg nach unten waren und die Wohnung jetzt leer war.

»Pscht, Hubert, nicht so laut, du weckst mir noch das ganze Haus auf.« Clara hielt sich den Finger vor den Mund.

Unten vor der Haustür plauderten sie noch ein wenig, er hatte es nicht eilig, er wollte ganz sicher sein, dass dem Schinder genügend Zeit blieb. Er sollte sich überall umschauen und ohne Druck rechtzeitig aus der Wohnung verschwinden können, ehe Clara wieder oben war.

Nachdem er sich endgültig von Clara verabschiedet hatte, ging er von der Neustadt sofort hinüber ins Café Thalia. Dort wartete er wie vereinbart. Gut fünfzehn Minuten später kam auch Schinder.

»Und hat's klappt? Was schaust denn so?«

»Wie soll ich schon schauen? Nichts hat klappt. Einen Dreck haben wir. Das G'lump war nicht da.«

»Was soll das heißen?«

»Na, das, was ich sag. Nichts haben wir, den Dreck im Schachterl, den haben wir. Gleich, wie ich dich pfeifen gehört habe, bin ich hinuntergeschlichen in die Wohnung. Aber in ihrem Schlafzimmer hat sie nichts gehabt. In alle Zimmer war ich und habe mich, so gut es ging, umg'schaut. Viel Zeit hab ich ja nicht gehabt. Sogar an der Schlafzimmertür der Alten bin ich gestanden.«

»Bist zu der auch rein?«

»Hörst nicht zu? An der Tür bin ich gestanden, sogar die Hand an der Klinke hab ich schon gehabt. Aber ich war mir nicht sicher, ob sie auch wirklich schläft. Und dann hab ich gehört, wie unten die Haustür zugeschlagen ist. Da hab ich es dann bleiben lassen und bin lieber aus der Wohnung raus.«

Luck winkte Hubert näher zu sich heran. »Wir müssen da noch mal rein, das G'lump muss doch da sein.«

»Ich weiß nicht, mir ist jetzt schon angst und bang geworden. Ich habe schon geglaubt, es ist was passiert und du bist erwischt worden. Oder einer aus dem Haus hat die Tür abgesperrt, und du kommst nimmer raus, und die Sache fliegt auf. Dann hätten wir schön alt ausg'schaut.«

Schinder sah Täuscher spöttisch an.

»Ach was! Mach dir keinen Kopf deswegen, das ist für

mich eine Kleinigkeit. Überall, wo ich reinkomm, komm ich auch wieder heraus. Ich sperr dir jede Tür mit dem Dietrich auf. Ein Kinderspiel. Und außerdem hat ja keiner was gemerkt, weder die im Haus noch die Clara. Bis die in ihrer Wohnung war, da war ich längst schon wieder auf dem Speicher. Gelernt ist gelernt.«

»Das heißt, du willst es noch einmal probieren?«

»Meinst, ich riskier Kopf und Kragen umsonst? Jetzt, wo wir wissen, wo der Schmuck nicht ist, da müsste es schon mit dem Teufel zugehen, wenn wir es nicht noch einmal probieren würden. Aber du musst halt auch deinen Teil dazu beitragen.«

»Was meinst damit?«

»Ich kann nicht die ganze Arbeit machen, du musst rausfinden, wo die Ganslmeier das Zeug versteckt hat.«

»Wie soll ich das machen?«

»Wie soll ich das machen?« Schinder äffte Hubert nach. »Was heißt da ›Wie soll ich das machen‹? Bist blöd, oder was? Weißt, Hubert, wenn ich einmal Blut geschleckt habe, dann lass ich nicht mehr so leicht ab.«

»Aber jetzt kämen wir noch raus.«

»Spinnst? Jetzt will ich's wissen! Was soll ich dem sagen, den ich an der Hand hab? Ich kann meinen Partnern nicht erst die Zähne lang machen und sie dann verprellen. Das ist das Geschäft, verstehst, das ist das richtige Leben! Du gehst da hin und schaust, wo sie den Schmuck hat, deine Clara. Wie du das machst, ist mir gleich. Lass dir was einfallen, du willst doch Schauspieler werden, spiel ihr was vor. Das kann doch nicht so schwer sein.«

Dienstag, 11. April 1922,
Polizeipräsidium Landshut,
Johann Huther,
5.21 Uhr nachmittags

Kriminalwachtmeister Wurzer kam mit einer Akte in Johann Huthers Zimmer.

»Die Kollegen in München haben die Freundin vom Schinder noch mal vernommen. Ich leg Ihnen den Bericht auf den Tisch, und dann geh ich heute ein bisserl eher.«

Johann Huther blickte kurz zu dem Kollegen auf.

»In letzter Zeit müssen S' aber oft eher weg. Gefällt S' Ihnen nicht mehr bei uns herinnen?«

»Meine Frau hat Namenstag, und die ganze Verwandtschaft kommt.«

»Ich hab gar nicht gewusst, dass Ihre Frau Hulda heißt.«

»Heißt sie auch nicht. Kreszentia war am Fünften, wir feiern heute nach. Ein Zuckerschlecken ist das auch nicht, ich würd lieber länger dableiben als mit meiner Schwiegermutter ein Glaserl Wein trinken. Eine richtige Zwiderwurzen.«

»So sind halt die Schwiegermütter.«

»Eh ich's vergess, der Kollege Weinbeck hat mit der Familie vom Täuscher gesprochen, oder besser: versucht zu sprechen. Die Eltern können einem leidtun, beide sind sie ganz durcheinander. Der Weinbeck hat gesagt, es hat keinen Sinn gehabt, mit ihnen zu Hause zu sprechen, das müssen wir bei Gelegenheit später noch einmal versuchen. Wenn ich mir den Bericht hier durchlese, dann kann ich schon verstehen, wie den Eltern zumute ist. Die Kollegen in München haben, wie's aussieht, nicht den geringsten Zweifel an der Schuld, aber lesen Sie ihn lieber selbst. Die Frage ist nur: Hat er es alleine oder mit dem Schinder zusammen gemacht? Der Schinder ist ein richtiger Gangster, der war länger im Zuchthaus als draußen. Da scheint er ja in den rechten Kreisen verkehrt zu haben, der feine Herr Täuscher.«

Wurzer legte die Akte vor Huther auf den Tisch. »Und Hulda war gestern; am Zehnten. So hat die Mutter von meiner Schwiegermutter geheißen. Pfüat Gott, bis morgen, und bleiben S' nicht zu lang herinnen, sonst werden S' noch schwermütig.«

Johann Huther holte seine Taschenuhr aus der Jackentasche, noch eine gute halbe Stunde bis Dienstschluss. Seufzend und mit mäßigem Interesse las er sich das Schreiben der Münchner Kollegen durch.

München, den 6.4.1922

Abteilung I.
Doppelraubmord in Landshut

Die ledige hochschwangere Näherin Anna Priegl, hier Gollierstr. 10/II wohnhaft, wurde zur Sache am 5.4. einvernommen. Sie erklärte, ihre Angaben nach bestem

Wissen und Gewissen gemacht zu haben. Gelegentlich der zwanglosen Unterhaltung mit Priegl sagte diese, dass sich Schinder in ihrer Wohnung mit den Worten geäußert habe: »Je schlechter der Mensch, desto größer das Glück.« Auf die Frage, was genau er damit gemeint habe, antwortete sie: »Was er damit meint, weiß ich nicht, und ich möchte darüber auch keine Vermutungen anstellen.« Des Weiteren habe er ihr das Medaillon gegeben, welches bei der Hausdurchsuchung in der Wohnung Gollierstr. 10 gefunden wurde. Laut Aussage der Zeugin Priegl entgegnete Schinder ihr auf die Frage, woher er dieses habe, er habe noch mehr solche Sachen. Schinder habe hierauf drei weitere Schachteln aus seiner Jackentasche geholt und diese der Priegl gezeigt. Wie die Zeugin hier glaubwürdig versicherte, konnte sie sich an die einzelnen Schmuckgegenstände nicht mehr erinnern. Nur ein in Platin gefasster Ring, ein schwarzes Kreuz, sowie schwarze Ohrringe in einem goldenen Döschen seien ihr im Gedächtnis geblieben. Aus den Schachteln habe Schinder dann vor ihren Augen ein Paket gemacht.

Täuscher sei die ganze Zeit über anwesend gewesen. Priegl gab an, er wäre an besagtem Tag zusammen mit ihrem Geliebten Schinder zu ihr gekommen. Sie habe ihn, Täuscher, bis zu diesem Tage nie zuvor zu Gesicht bekommen, und auch über eine Bekanntschaft der beiden habe sie nichts gewusst. Auf Vorlage eines Lichtbildes erkannte sie den auf der Fotografie gezeigten Mann – Täuscher – mit Bestimmtheit als denjenigen wieder, mit dem Schinder am 1.4.1922 vormittags bei ihr in der Wohnung gewesen war. Auf Nachfragen erklärte sie,

eine Verwechslung sei ausgeschlossen. Täuscher habe auf sie keinen guten Eindruck gemacht. Auf den Mord angesprochen, sagte sie, dass Schinder einer solchen Handlungsweise fähig sei, glaube sie nicht. Für »den anderen« – Täuscher – könne sie nicht sprechen. Ihren weiteren Ausführungen zufolge sei ein großer Teil der Schuld, dass es mit Schinder so weit gekommen sei, seinem schlechten Umgang zuzuschreiben. Er verkehre schon seit längerer Zeit mit wenig vertrauenswürdigen Personen. Nähere Angaben hierzu konnte sie nicht machen. Schinder suche eben diese Leuten vor ihr weitgehend zu verheimlichen, weil er wusste, dass Priegl der Verkehr des Schinder mit diesen Personen nie recht gefallen habe. Die Zeugin wörtlich: »Dem Luck wurden von dieser Seite her Flausen in den Kopf gesetzt. Mehr als einmal habe ich den Satz gehört: ›Wer wird denn so dumm sein und arbeiten?‹«
Es würde sie aber nicht wundern, wenn auch Täuscher in irgendeinem Bezug zu diesen Kreisen stünde.
Ihr wiederholtes Drängen, von solchen Leuten Abstand zu nehmen, habe Schinder brüsk von sich gewiesen, er sehe gar keinen Grund darin, nachdem es ihm jetzt gutginge.
Sie selbst würde es nicht wundern, wenn als Urheber der ganzen Sache eben jene Personen in Frage kämen, seien sie doch ihres Dafürhaltens die Drahtzieher hinter dem Verbrechen. Täuscher stehe bestimmt in engem Kontakt mit diesen; der Eindruck, den er bei ihr hinterließ, lege das nahe. »Ein anständiger Mensch hält da doch Abstand.«
Auf mehrmaliges Nachfragen gab Priegl noch zu Proto-

koll, dass Täuscher gelegentlich der Übergabe der verpackten Schachteln gesagt habe, sie, Priegl, solle alles gut aufheben. Er, Täuscher, würde zu gegebener Zeit kommen und die zur Verwahrung gegebenen Sachen wieder abholen. Etwas verwundert habe sie noch das Ersuchen des Schinder an sie, den Schrankschlüssel abzuziehen, »damit niemand darüberkomme«. Der Priegl fiel dies auf, worauf sie die Bemerkung machte: »Ja, wo habt ihr denn die Sachen gestohlen?« Beide hätten sich dann gegenseitig angesehen und höhnisch gelacht. Die Zeugin fasste dieses Lachen so auf, als hätten sie damit sagen wollen: »Wenn du nur wüsstest!«
Weitere Angaben, die zur Klärung beigetragen hätten, konnte sie nicht machen.
Von besonderer Wichtigkeit dürfte sein, dass Täuscher es war, welcher der Priegl das selbstverpackte Paket zur Aufbewahrung übergeben hat, sowie seine Eindringlichkeit, mit der er auf einer sorgfältigen Verwahrung der der Priegl anvertrauten Schachteln beharrte.
An dieser Stelle ist anzumerken, dass in dem in der Wohnung aufgefundenen Paket sich auch die beiden Brillantohrringe mit Smaragd befanden, welche eindeutig als Eigentum der ermordeten Tochter Ganslmeier erkannt wurden und sich auch am Tattag noch in deren Besitz befanden. Somit steht Täuscher im dringenden Verdacht, der Haupttäter zu sein, da er durch seine Beziehung zur Ermordeten Zugang zu Wohnung und Schmuck hatte und mit Sicherheit auch über den Wert informiert war.
Es wird zum gegenwärtigen Zeitpunkt ermittelt, ob sich noch weitere Gegenstände, von denen wir bislang

keine Kenntnis besitzen, im Umlauf befinden. Die Erhebungen werden fortgesetzt.

Gez. Hochberger
Kriminal-Sekretär

Johann Huther legte den Bericht wieder zurück in die Akte, klappte den Deckel zu, den Vorgang selbst legte er in die Ablage. Er blickte erneut auf seine Uhr, jetzt war es Zeit zum Heimgehen. Wie jeden Tag, ehe er seinen Schreibtisch verließ, räumte er penibel alles wieder an seinen Platz zurück, vergewisserte sich anschließend, ob er auch nichts vergessen hatte. Es war weniger Pflichtbewusstsein, es graute ihm davor, zu zeitig zu Hause zu sein. Der zahnende Säugling, die beiden größeren Kinder immer zankend und greinend, der Lärm, die Enge der Wohnung, dies alles setzte ihm im Moment von Tag zu Tag mehr zu. Er zog es darum vor, seine Verrichtungen in die Länge zu ziehen und erst nach Hause zu kommen, wenn die Kinder allesamt schon im Bett lagen. Auf dem Nachhauseweg schlug er kleine Umwege ein, machte Besorgungen, die auch hätten aufgeschoben werden können. Er fühlte sich schuldig dabei, als würde er etwas Verbotenes tun oder bei einer Lüge ertappt werden, und doch waren es gerade diese kleinen Ausflüchte, die ihm die letzten Tage etwas erleichtert hatten.

Dienstag, 11. April 1922,
München, Gollierstraße,
Näherin Anna Priegl,
6.08 Uhr abends

Während Johann Huther sich auf den Heimweg machte, saß Anna Priegl in München an ihrem Küchentisch und spielte nachdenklich mit dem Ring, den sie wie einen Anhänger an einer Kette um den Hals trug. Sie hielt ihn unter ihrer Kleidung verborgen, holte ihn nur hervor, wenn sie allein war.

Auch vor einer Woche, als die Polizei die Wohnung bei der Hausdurchsuchung auf den Kopf gestellt hatte, hatte sie den Ring unter ihrer Bluse versteckt. Keiner der Polizisten hatte ihre Nervosität bemerkt, war sie doch in ständiger Angst vor Entdeckung gewesen. Schinder und auch all ihre anderen Liebschaften zuvor hatten ihr nie etwas geschenkt, immer war sie es gewesen, die hatte draufzahlen müssen. Aufgetaucht war der Luck doch auch nur, wenn er kein Geld hatte. Gründe dafür gab es genügend; wenn er nicht gerade aus dem Gefängnis entlassen wurde, lebte er über seine Verhältnisse, und wenn er wirklich Geld in der Tasche hatte nach einem seiner zahlreichen dubiosen Geschäfte, dann versoff und verhurte er es. Schon des Öfteren war er einfach für Wochen verschwunden, um dann ohne einen Knopf Geld in der Tasche vor ihrer Tür zu stehen. Dann war sie auf einmal wieder gut genug. Und jetzt sollte sie das einzige wertvolle Geschenk, das sie je bekommen hatte, hergeben? Nie! Der Ring gehörte ihr und dem Kind, dass sie vom Schinder erwartete. Wenn etwas Gras über die Sache gewachsen wäre, würde sie das Schmuckstück versetzen. Bei dem, was noch alles so in den Schachteln war, und wenn das, was in der Zeitung stand, auch nur halbwegs der Wahrheit entsprach, müsste der Ring doch auch einiges bringen.

Anna Priegl nahm die Kette ab, hielt den Ring in den Lichtkegel der Lampe. Der Stein warf das Licht funkelnd zurück.

»Vielleicht behalt ich ihn auch. Ist eigentlich zu schön zum Hergeben«, sagte sie halblaut zu sich selbst.

Sie schloss die Finger um das Kleinod. Genau hier, an dem Platz, war sie gesessen und der Luck ihr gegenüber, am vorletzten Samstag, als er ihr den Ring und das Medaillon gegeben hatte.

»Da, Anna, nimm, damit wir wieder gut sind, weißt schon, warum«, flüsterte Schinder ihr zu. Und ob sie wusste, sitzengelassen hatte sie der Lump, nachdem er erfahren hatte, dass sie schwanger war. Zu einer seiner vielen Menscher war er gegangen, aber wenn es Spitz auf Knopf stand, dann war er auf einmal wieder da, der Luck. Weil er wusste, dass er sich auf sie verlassen konnte.

Sein Bekannter rannte derweil von einem Zimmer ins andere. Er konnte sich nicht still halten, setzte sich immer wieder kurz hin, wenn der Luck es ihn hieß, nur um gleich wieder aufzuspringen und seine Wanderung fortzusetzen.

»Was ist mit dem? Ist der immer so?«, fragte sie den Luck, aber außer einem Schulterzucken bekam sie keine Antwort.

Täuscher, den Nachnamen erfuhr sie erst später bei der Vernehmung durch die Polizei, hielt ständig eine brennende Zigarette in der Hand. Nach wenigen hastigen Zügen schien er sich jedes Mal eines Besseren zu besinnen und drückte die Zigarette im Aschenbecher aus, nur um gleich darauf wieder hektisch in seinen Taschen nach der Packung zu suchen und sich eine neue anzuzünden. Als sie ihn darauf ansprach, sah er sie zunächst nur verständnislos an, ganz so, als hätte er gar nicht kapiert, was sie zu ihm gesagt hatte. Hielt kurz inne und bot dann auch ihr eine Zigarette an. Als er ihr die Schachtel hinhielt, sah sie, wie seine Hände zitterten. Er konnte sie kaum halten. Auch die Marke fiel ihr auf: Manoli-Parkschloss, die Schachtel für fünfundzwanzig Mark! Ein Vermögen.

Solche Zigaretten wurden für gewöhnlich nicht von den Spezln, mit denen der Luck früher bei ihr auftauchte, geraucht. Die waren froh, wenn sie sich überhaupt was zum Rauchen leisten konnten, meistens hoben sie die Kippen auf und rauchten die Stumpen.

Aber seit er das letzte Mal aus dem Gefängnis entlassen worden war, verkehrte er anscheinend in anderen Kreisen.

Anna steckte die Zigarette in ihre Kitteltasche und ließ den Freund vom Schinder dabei nicht aus den Augen. Täuscher streifte weiter ruhelos durchs Zimmer. Von Zeit zu Zeit fuhr er sich fahrig durch die Haare. Bis er schließlich mit der brennenden Zigarette gegen die herunterhängende Lampe im Flur stieß. Er fluchte, riss ärgerlich die abgebrochene Zigarette entzwei. Vor Aufregung steckte er sich das leere Mundstück wieder in den Mund und setzte seine Walz fort, ohne überhaupt zu merken, dass er das falsche Stück in den Mund gesteckt hatte. Anna Priegl hatte laut lachen müssen. »Wie ein Gockel ohne Kopf.«

Als wenig später Luck die anderen Schmuckstücke zu einem Paket verschnürt hatte, zitterten die Hände des Täuscher immer noch so sehr, dass er nicht in der Lage war, seinen Finger ruhig auf den Knoten zu legen, damit Schinder die Schnur hätte festziehen können. Nicht einmal beim Versiegeln konnte er dem Luck helfen. Aber auch der stellte sich nicht besonders geschickt an; so war sie es am Ende, die das Siegelwachs auf die Schnur träufelte, und sie war es auch, die den beiden sagte, sie sollten ein Fünfzigpfennigstück als Siegel nehmen.

»Männer. Keinen Sinn fürs Praktische!«

Über all das hatte sie bei der Vernehmung geschwiegen. Sie hatte so schon genug am Hals, sie wollte nicht noch mehr hineingezogen werden.

Noch keine zwei Stunden war es her, da hatte ihr einer von den Freunden vom Luck im Stiegenhaus aufgelauert. Sie war gerade die steilen Treppen zu ihrer Wohnung hochgestiegen, und als sie den Schlüssel ins Schloss steckte, sprang der Unbekannte von hinten im Halbdunkel des Stiegenhauses auf sie zu. Sie hatte ihn vorher weder gehört noch gesehen. Er drückte sie gegen die Tür, lehnte sich so fest mit dem ganzen Körper gegen sie, dass sie sich nicht bewegen konnte. Und dann ging das Licht im Stiegenhaus aus. Mit seinem Gesicht kam er so nah an sie heran, dass sie seinen Atem spürte.

»Du bist doch dem Schinder sein Gspusi? Sag ihm, ich brauch die restlichen Sachen. Ich weiß, dass die Polizisten nicht alles gefunden haben. Ich brauch das restliche Zeug, den Schmuck und alles, was er noch hat. Sag das deinem Tschamster, sonst kann es ungemütlich werden für ihn. Gerade da, wo er jetzt ist. Geschäft ist Geschäft, wir halten unser Wort, und wenn er uns hilft, helfen wir ihm.«

Er ließ sie los und rannte die Treppen hinunter. Anna Priegl wartete still, bis sie unten die Tür in Schloss fallen hörte, dann erst sperrte sie die Tür auf.

Mittwoch, 12. Juli 1922,
Volksgericht Landshut,
dritter Verhandlungstag,
8 Uhr morgens

Der Sitzungssaal ist wie an den Tagen zuvor bis auf den letzten Platz gefüllt. Draußen, vor dem Gebäude, warten die Schaulustigen, in der Hoffnung, doch noch eingelassen zu werden oder zumindest einen Blick auf die am Prozess Beteiligten werfen zu können. Täuscher erscheint wie immer elegant gekleidet, sein Gesicht ist sehr blass. Schinder gibt sich unbefangen, grüßt überschwänglich seinen Bekannten vom Vortag, scherzt mit den Justizbeamten, würdigt Täuscher, nur zwei Plätze neben ihm sitzend, keines Blickes.

Die Verhandlung wird wieder aufgenommen und die Vernehmung der Zeugen in rascher Folge fortgesetzt.

Als Erste wird Frau Hauptlehrer Stimmelmeyer aufgerufen.

»Ich habe dem Fräulein Ganslmeier die Klavierbegleitung für die rhythmische Sportgymnastik vermitteln können. Clara Ganslmeier wollte die Stelle unbedingt, sie hat mich schon vor einiger Zeit mehrfach darauf angesprochen. Immer wieder hat sie nachgefragt, ob ich ihr diesen

Nebenverdienst verschaffen könnte. Mir war es fast schon peinlich, so sehr hat sie mich gedrängt. Sie können mir glauben, wie erleichtert ich war, als ich ihr die Stelle doch noch vermitteln konnte. Am Donnerstag, den 30. März, hätte sie uns das erste Mal begleiten sollen, aber sie kam nicht. Wir haben von sechs bis acht Uhr auf sie gewartet. Ich war schon sehr verärgert, ich habe mir noch gedacht: ›Wie undankbar, erst rennt sie einem Tür und Tor ein, und dann das.‹ Im Nachhinein schäme ich mich für diese Gedanken, sie war ja zu diesem Zeitpunkt bereits tot, konnte doch gar nicht kommen. Ich habe so ein schlechtes Gewissen deswegen, es ist mir unangenehm.«

Optiker Steinherr gibt an, dass die Ganslmeier am 30. März zwischen drei und vier Uhr eine elektrische Taschenlaterne zur Ergänzung einer Batterie in den Laden hereinreichte und, da er gerade einen Kunden bediente, mit den Worten »Ich habe es eilig« wieder fortging.

Schäffler Jakob Gstettenbauer begegnete dem Täuscher um halb sechs Uhr, »vielleicht auch etwas früher«, beim Café Thalia; ob dieser in Begleitung war, könne er aber nicht sagen.

Die Unterzahlmeistersgattin Johanna Schmidt wohnt unter der Familie Ganslmeier. Sie hörte am Nachmittag des 30. März zwischen fünf und halb sechs Uhr ein schleifendes Geräusch und Rufe.

»Zuerst hielt ich es für Scherzen und Lachen. Oh mein Gott, wenn ich mich daran erinnere, läuft es mir eiskalt den Rücken hinunter. Ich bekomme das Rufen nicht mehr aus meinem Kopf, ich muss immer daran denken.«

Im weiteren Verlauf der Vernehmung bestätigt sie: »Es kamen schon häufiger Besucher zu der Clara, auch Herrenbesuche. Es war ja einmal die Rede von einem sehr gut gestellten Geliebten, aber wer das ist, weiß ich nicht. Dann kam der Täuscher immer öfter. Aber an diesem Tag habe ich niemanden gesehen, auch den Herrn Täuscher nicht. Geläutet hat es oft, öfter als an anderen Tagen. Ich hab mir noch gedacht, da droben geht es zu wie im Taubenschlag.«

»Frau Schmidt, können Sie sich, wenn Sie an das schleifende Geräusch denken, entsinnen, ob es von einer oder mehreren Personen verursacht wurde?«, will der Richter wissen.

»Nein, das kann ich leider nicht mehr, aber es kam direkt aus dem Zimmer über mir. Das Haus ist hellhörig. Ich konnte sogar hören, wenn die Clara die Mutter in der Nacht auf den Leibstuhl gebracht hat.«

»Und Sie sind sicher, dass in diesem Fall etwas über den Boden gezogen wurde und nicht nur die Mutter auf den Leibstuhl gebracht wurde?«, wollte der Richter wissen.

»Das kann ich jetzt wirklich nicht mit Gewissheit sagen. Es ist einfach schon wieder zu lange her, und ich habe es damals nicht so sehr beachtet.«

Als nächste Zeugin erscheint die geschiedene Ehefrau des Schinder, Fräulein Schmittner.

»Wie ich von dem Mord gehört hab, hab ich es gleich gewusst: Da hat der Luck seine Finger im Spiel.«

»Ach, halt doch deine Goschn!«, schreit Schinder dazwischen.

»Herr Schinder, ich mache Sie darauf aufmerksam, dass Sie die Befragung der Zeugin nicht zu unterbrechen haben. Haben Sie mich verstanden?«

»Jawohl, Herr Richter, aber die will mir doch nur was anhängen, die will mich doch nur reintunken!«

»Ich wiederhole mich ungern, also sind S' jetzt still! Frau Zeugin, fahren Sie jetzt bitte fort.«

»Ich bin auch gleich auf die Polizei, wie ich von dem Verbrechen gehört hab, und hab genau das ausgesagt. Ich arbeite in den Zweibrücken-Lichtspielen als Platzanweiserin, und dort sind die beiden gesehen worden. An dem Abend wurde *Der blutige Dolch* gegeben.«

»Und woher kennen Sie den Herrn Täuscher? Woher wissen Sie, dass der dabei war?«, fragt der Staatsanwalt dazwischen.

»Der Herr Täuscher kommt doch in der Woche mindestens zwei Mal. Der ist Stammgast. Meine Kollegin hat's mir erzählt.«

»Hohes Gericht, mein Mandant Herr Schinder bestreitet nicht, im Kino gewesen zu sein, er gibt auch zu, bei dem einen oder anderen Filmtheaterbesuch zufällig mit Herrn Täuscher zusammengetroffen zu sein, aber daraus gleich eine Beteiligung an einem so scheußlichen Verbrechen wie Mord zu konstruieren, erscheint mir doch sehr an den Haaren herbeigezogen.«

»Nichts ist an den Haaren herbeigezogen! In dem Film wird einem der Opfer ein Knebel in den Mund gesteckt. Genau wie bei der alten Frau Ganslmeier. So ist es in der Zeitung gestanden. Da war es für mich ganz klar, das können nur der Täuscher und der Luck gewesen sein, da kommt gar kein anderer in Frage. Und ich habe auch gleich gewusst, wie sie es gemacht haben, im Kino ist es ihnen doch ganz genau gezeigt worden. Sie haben es nur noch nachmachen müssen.«

»Aber wirklich, Herr Vorsitzender, hier verlässt die Zeugin den Boden der Tatsachen und beginnt zu spekulieren und zu interpretieren. Ich bitte Sie, diese Äußerungen in Bezug auf meinen Mandanten Herrn Schinder mit äußerster Vorsicht zu werten, schon wegen der Tatsache, dass das Fräulein Schmittner eine geschiedene Frau Schinder ist und hier womöglich auf ihrer Seite noch Rechnungen offen sind.«

»Muss ich mir das gefallen lassen, Herr Richter? Ich bin unschuldig geschieden! Der Schinder ist ein ganz verruchter Mensch. Ich war mit ihm kaum zwei Wochen verheiratet, da hat er bereits einen Diebstahl begangen. Ehe wir geheiratet haben, hatte er mir seine ganzen Straftaten verheimlicht, auch dass er schon mehrfach im Gefängnis war, wusste ich nicht. Alles hat er vor mir vertuscht.

Gehurt und gemenschert hat er von Anfang an. Außer mir hat er noch eine ganze Reihe Schnallen gehabt – wie ich ihn zur Rede gestellt hab wegen der Sache und verlangt hab, dass Schluss ist damit, hat er mich geschlagen.«

»Alles erfunden und erlogen. Die spinnt doch.« Luck Schinder schüttelt spöttisch lachend den Kopf.

»Die Wahrheit sage ich, bei Gott, die Wahrheit! Er war auch sonst gewalttätig und grob. Nicht nur einmal hat er mich bedroht, dafür habe ich Zeugen. Deshalb mochte ich nicht bei ihm bleiben.«

»Muss ich mir das von dem Weib da gefallen lassen, Herr Richter? Die lügt doch, wenn s' das Maul aufmacht.«

»Ich lüge nicht, der Richter kann ja deine Menscher fragen, eine davon, die Münchner Näherin, die Anna Priegl, die sitzt doch auch draußen auf der Bank!«

»Fräulein Schmittner, fahren Sie bitte sachlich fort, und Sie, Herr Schinder, ja, das werden Sie sich anhören müssen«, belehrt ihn der Richter.

»… und wie ich ihm dann davongelaufen bin, hat er gesagt, dass er mich umbringt, wenn er mich erwischt. Er hat mir dann auch zwei seiner Spezln vorbeigeschickt, die haben mir aufgelauert. Der Luck, der ist zu allem fähig, und alle seine Feunde sind vom gleichen Schlag. Zuletzt hatte ich Angst, mit ihm im gleichen Raum zu sein, und auch heute noch ist es mir bange, wenn ich mit ihm zusammentreffe. Das bekomme ich mein Lebtag nicht mehr aus mir heraus.«

Mittwoch, 12. April 1922,
München, Lothringerstraße,
Zimmerwirtin Maria Lederer,
10.38 Uhr morgens

Das Wasser im Eimer hatte sich dunkel gefärbt. Maria Lederer tauchte den Putzlappen ein, wusch ihn aus, wrang mit aller Kraft das Wasser heraus, ihre Hände waren rot und aufgeweicht. Sie wischte die Treppen in der Lothringerstraße hinunter, nur noch das Stück hier im Keller und der kleine Treppenabsatz vor der Haustür, dann war sie mit dem Stiegenhaus fertig. Immer wieder fiel ihr eine Haarsträhne ins Gesicht. Sie streifte diese mit dem nassen Rücken der Hand aus der Stirn. Maria Lederer ließ den Lumpen in den Eimer zurückfallen, richtete sich auf und trocknete sich die Hände an der Schürze ab, ehe sie mit dem Putzeimer in der einen und dem Schrubber in der anderen Hand die Treppen hochstieg. Ihr Rücken schmerzte. Schwerfällig stieg sie hinauf ins Erdgeschoss.

Vor der Haustür stand ein gutgekleideter Herr mittleren Alters und studierte das Klingelbrett. Maria Leder klemmte den Schrubber so in den Türstock, dass die Tür nicht ins Schloss fallen konnte, den Eimer stellte sie daneben.

»Was brauchen S'? Kann ich Ihnen helfen?«

Der Fremde sah die Lederer abschätzend an. Dann erst antwortete er:

»Ich bin auf der Suche nach einem jungen Fräulein. Thea Schwankl.«

»So, auf der Suche sind S' nach dem Fräulein Schwankl. Warum denn, wenn ich fragen darf?«

»Eine vertrauliche Angelegenheit, ich weiß nicht, ob ich Ihnen darüber Auskunft geben darf. Kennen Sie das Fräulein? Und wenn ja, wo kann ich es finden? Der Name steht nicht auf dem Klingelbrett.«

»Das junge Fräulein ist mir bekannt, ich bin ihre Vermieterin – und wer sind Sie?«

»Es ist wie gesagt eine halbamtliche Angelegenheit, streng vertraulich.«

Der Fremde kam einen Schritt näher, doch die Lederer blieb stehen und schaute den Mann an.

»Wie war Ihr Name? Ich würd doch gern ein bisserl mehr wissen, warum Sie das Fräulein Thea suchen, da könnt schließlich ein jeder daherkommen, wissen S'?«

»Ich habe Ihnen gerade schon gesagt, die Angelegenheit ist sehr delikat, und ich möchte mit dem Fräulein unter vier Augen sprechen.«

»Und wenn Fräulein Schwankl nicht zu Hause ist?«

Der Fremde sah die Lederer kurz an, versuchte, an ihr vorbei ins Haus zu gelangen, doch diese stellte sich ihm in den Weg.

»Jetzt sagen S' mir, was Sie vom Fräulein Thea wollen, sonst lass ich Sie nicht ins Haus.«

»In ihrer Arbeitsstelle haben sie gesagt, sie ist nicht im Büro. Also lassen Sie mich durch, oder sagen Sie mir, wo ich sie finde, es ist eine Sache von Belang.«

»Sind S' von der Polizei?« Die Vermieterin sah den Mann misstrauisch an. »Dann weisen S' sich aus, sonst lass ich Sie nicht rein, und sagen tu ich auch nichts. Mit den Herren von der Polizei will ich nichts zu tun haben.«

»Wenn Sie nichts damit zu tun haben wollen, dann sollten Sie mich jetzt erst recht reinlassen.«

»Mein Herr, ich gestatte keine Herrenbesuche.«

Der Fremde kam ganz nah an die Lederer heran. Sie fürchtete, er wolle sie jeden Moment packen. Hinter ihr im Stiegenhaus öffnete sich die Wohnungstür im Parterre. Der Fremde trat einen Schritt zurück.

Maria Leder hörte, wie jemand umständlich mit dem Schlüssel an den Briefkästen herumhantierte. Sie rührte sich nicht, stand mit dem Rücken zum Stiegenhaus und schaute dem Fremden fest in die Augen.

»Sagen Sie dem Fräulein Schwankl, es geht mir nicht um sie oder um ihren Bekannten, den Hubert Täuscher. Es geht mir um etwas, das einem anderen gehört. Eine Perlentasche, ein ganz besonderes Stück. Sehr auffallend, mit einem Pfau. Und um den Schmuck.«

»Das Fräulein Thea ist ein anständiges Mädchen und trägt nur Dinge, die zu ihr und zu ihrem Stand passen. Ich vermiete nur an ehrliche und anständige Leute, und jetzt gehen S', mein Herr.«

Maria Lederer bückte sich, nahm den nassen Putzlumpen aus dem Eimer und ließ ihn vor dem Fremden auf den Boden plumpsen. Wischwasser spritzte auf die Hosenbeine und die zweifarbigen Schuhe des Fremden.

»Können Sie nicht aufpassen!«

»Ich hab Ihnen gerade schon gesagt, dass es Zeit wird zu gehen. Ich kann mich nicht ewig mit Ihnen aufhalten.

Und wenn S' weiter so im Weg stehn, könnt es sein, dass mein Putzeimer am Ende noch umfällt. Auf Wiederschaun, der Herr.«

Ohne sich weiter um den Mann zu kümmern, wischte Maria Leder die Stufen hinunter.

In der Zwischenzeit hatte auch der Mieter seinen Briefkasten geleert und ging an der Lederer vorbei die Stufen hinunter.

»Entschuldigung, Frau Lederer, dass ich durchlaufe, ich hätte schon gewartet, bis es trocken wird, aber ich muss weg.«

»Ist schon in Ordnung, Herr Klein.«

Als die Lederer sich aufrichtete, um den Nachbarn vorbeizulassen, war der Fremde bereits verschwunden. Sie nahm Eimer und Schrubber, stieg die Steinstufen hoch, schloss die Hausür hinter sich und ging in den hinteren Bereich des Hausflurs. Gleich neben der Tür, die hinaus in den Hof und zu den Aschentonnen führte, war der Ausguss. Sie schüttete das Putzwasser in das Becken, sah zu, wie es durch den Siphon rann und nur Sand und kleine Steinchen am Boden liegen blieben.

Der erste Eindruck war fast immer der richtige. Einem Lumpen sah man halt doch meistens schon im Gesicht an, dass er einer war, und das würde so bleiben bis ans Ende aller Tage.

Freitag, 24. März 1922,
Landshut, Wohnhaus Täuscher,
Bürstenfabrikantensohn Hubert Täuscher,
6.45 Uhr morgens

Das Glockengeläut zur Frühmesse hatte Hubert geweckt. Im Mund der schale Geschmack der Zigaretten des vorhergehenden Abends, der Kopf schwer, stand er auf und tastete sich in der Dunkelheit hinüber zum Stuhl, auf dem seine Kleider lagen. In der Jackentasche fand er eine fast leere Zigarettenschachtel. Damit und mit einer Packung Zündholzer ging er wieder zurück ins Bett. Er stopfte sich die Kissen so zwischen Rücken und Wand, dass er aufrecht sitzen konnte. Er zündete sich eine Manoli an, tastete nach dem auf dem Nachtkästchen stehenden Aschenbecher, warf das abgebrannte Streichholz hinein und stellte den Ascher vor sich auf das Bett. Langsam inhalierte er den Rauch und betrachtete die Glut, die sich durch die Zigarette fraß. Der Luck und er sollten ihr Vorhaben aufgeben, mit jedem Zug wurde er sich dessen sicherer. Gut, sie hatten es probiert, und es hatte nicht geklappt, vielleicht ein Fingerzeig Gottes, es bleiben zu lassen. Die Schmucksachen waren nicht an der Stelle, wo er sie vermutet hatte, Luck hatte überall gesucht. Er konnte doch die Clara nicht nach dem Schmuck fragen! So naiv war sie nicht, die würde es gleich durchschauen. Wenn sie es jetzt sein ließen, wäre alles wie vorher.

Nachdem er die letzte Zigarette aus der Packung geraucht hatte, drückte er die Glut am Rand des Aschenbechers aus und stellte ihn wieder an seinen Platz zurück. Die leere Schachtel ließ er achtlos zu Boden fallen.

Hubert war froh, diese Entscheidung getroffen zu haben, es fühlte sich an, als fiele eine tonnenschwere Last von seinen Schultern. Gleich wenn sich die erste Gelegenheit ergab, wollte er mit Luck reden.

Müde rutschte er im Bett nach unten, zog die Bettdecke hoch und schlief ein.

Am späten Vormittag ließ er der Mutter durch das Hausmädchen ausrichten, dass ihm heute nicht wohl sei, er würde erst spät oder gar nicht ins Geschäft kommen, und zu seiner Überraschung ließen sie ihn schlafen. Gegen drei wurde er wach, stand auf und zog sich an. Danach traf er sich wie verabredet mit Schinder im Central.

Der war schon da. Hubert ging zu ihm hinüber, und noch ehe er sich setzte, rief Schinder bereits dem Kellner zu: »Fritz, einen Kaffee und einen Cognac für mein Spezl. Und wie immer auf meine Rechnung!«

»Danach ist mir jetzt nicht, Luck. Wir müssen reden.«

Schinder winkte ab: »Ja, ja. Setz dich erst mal her.«

Hubert setzte sich auf den freien Stuhl neben dem Fenster.

»Luck, ich hab's mir überlegt: Die ganze Sache hat keinen Taug.«

»Was bringst jetzt da daher? Ich war drinnen in der Bude. Das Ganze ist ein Kinderspiel, nur den richtigen

Moment muss man erwischen, dann klappt alles wie am Schnürchen. Ich hab einen an der Hand, der das Zeug verschachert.«

»Hörst mir nicht zu? Luck, das fällt auf mich, das kann ich nicht machen.«

»Hab dich nicht so, ›das fällt auf mich‹. Du redest wie ein Hosenscheißer. Was braucht die alte Vettel den ganzen Plunder? Kann eh nichts damit anfangen. Nicht mal einen Mann hat sie sich damit einfangen können, weil s' so eine Megäre ist und es keiner mit ihr aushält. Willst das Weib dein Lebtag am Hals haben?«

»Das nicht, aber …«

»Na also, was gibt's da zu debattieren? Das Ganze ist sicher. Ich mach doch eh die ganze Arbeit. Deine Clara weiß doch nicht einmal, dass es mich gibt, und erst recht nicht, dass du in der Sache drinnen steckst.«

»Und wenn sie mir draufkommt?«

»Wie will sie dir da draufkommen, wennst ein Alibi hast? Und du hast doch das beste überhaupt, du bist mit ihr zusammen, wenn's passiert. Dann kannst sie gleich trösten über den Verlust, deine Clara, wie soll die da einen Verdacht haben?«

»Und wenn was schiefgeht? Dann bin ich als Erster dran.«

»Was soll denn schiefgehen? Jetzt trink erst einmal deinen Cognac, dann schaut die Welt schon anders aus.«

»Nein, Luck, ich mach da nicht mehr mit.«

Hubert rückte den Stuhl etwas zurück und wollte aufstehen, da packte Schinder ihn an der Hand.

»Da bleibst, Freunderl! Kannst mich jetzt nicht hängenlassen. Jetzt nicht mehr! Dafür steck ich schon viel zu tief drinnen, und du im Übrigen auch. Hock dich wieder hin!«

Täuscher setzte sich.

»Jetzt stellst deine Ohrwaschel auf und hörst mir genau zu. Ich brauch das G'lump, und du musst mir helfen! Ich hab Schulden, und das Wasser steht mir bis zum Hals. Ich brauch's, Bertl! Ohne deine Hilfe komme ich nie an die Sachen, ich hab keinen Zugang zur Ganslmeier, und das ist für die Sache auch besser so.«

»Aber ich kann nicht! Verstehst das nicht?«

»Hör auf zum Wuisln. Greint mir her wie ein Hosenscheißer. Die Leute, bei denen ich Schulden hab, die warten nicht lang. Und ich hab es ihnen schon versprochen, da gibt's kein Zurück mehr! Für mich nicht und für dich auch nicht. Die wissen jetzt, dass bei der Ganslmeier was zu holen ist. Und nicht wenig.«

Er packte ihn fester und kam mit seinem Gesicht ganz nah an Täuscher heran. Der konnte in Lucks Augen sehen, dass dieser Angst hatte.

»Der, mit dem ich vorm Zweibrücken gestanden bin, das ist einer von denen, bei denen ich in der Schuld steh. Zwei Wochen hat er mir noch Zeit gegeben. Wenn ich dann nicht zahl, kann ich mich gleich vor den Zug schmeißen. Das ist immer noch besser als das, was die mit mir machen werden, wenn ich nicht Wort halte. Und du steckst mit drin, du glaubst doch nicht, dass die dich in Ruhe lassen. Ich hab dir schon mal gesagt, die spielen in einer anderen Liga.«

»Mein Gott, was hast dem von mir erzählt? Ich hab geglaubt, alles, was ich dir sag, bleibt unter uns!«

»Bist jetzt so deppert, oder tust nur so? Was glaubst

denn du! Nichts kannst verschachern, gar nichts, besonders in Landshut, ohne dass die ihre Finger mit drin haben. Das hat nichts mehr mit deinen Detektivfilmen oder Romanheftln zu tun, das ist das richtige Leben. Die fackeln nicht lang! Du hörst mir jetzt genau zu. Du musst rausfinden, wo die Clara den Schmuck hat. Das ist alles, was du zu tun hast, deine Finger musst dir schon nicht dreckig machen. Den Rest der Arbeit, den erledige sowieso ich.«

»Die Clara wird mir nicht sagen, wo der Schmuck ist, und ich weiß es nicht.«

»Dann lass dir was einfallen! Du bist doch sonst nicht auf der Wassersuppe dahergeschwommen! Sag, du willst dir ihren Schmuck anschauen, weil er dir gar so gut gefällt.«

»Das geht nicht, dann schöpft sie doch gleich Verdacht.«

»Du willst doch Schauspieler werden, dann spiel ihr was vor … oder vielleicht zeigt sie dir das Versteck, wenn du ihr die Uhr von ihrem Vater wiederbringst, die, die du versetzt hast.«

»Wie soll ich das machen? Ich hab kein Geld, ich kann sie nicht auslösen.«

»Wenn's nur an dem liegt, das kann ich dir schon noch besorgen. Das zieh ich dir halt später von deinem Anteil ab.«

»Die wird misstrauisch, wenn ich plötzlich das Geld habe. Das glaubt die mir doch nie.«

»Bist blöd, oder was? Ich hab geglaubt, du hast so einen Schlag bei den Frauen. So ein verliebtes Weib, die glaubt alles, was du ihr sagst. Und ich hab dir schon mal gesagt, du sollst das meine Sorge sein lassen. Ich besorg dir das Geld, und du löst die Uhr aus, und dann schaust, dass du rausfindest, wo die Ganslmeier das Zeug aufhebt. Worauf wartest dann noch?«

Hubert Täuscher saß da und sagte kein Wort.

»Hockst da und sagst nichts. Dann werd ich dir auf die Sprünge helfen, Bertl. Glaubst, ich mach Spaß? Schau einmal aus dem Fenster raus, siehst den da drüben mit den zweifarbigen Schuhen, der schon die ganze Zeit zu uns herschaut? Erkennst ihn wieder? Die bringen dich dazu, dass du es machst, und wenn nicht, dann machen die es früher oder später selber. Das läuft dann nicht so glimpflich und sanft ab wie bei mir. Und am Ende bleibt's trotzdem an uns hängen, das sag ich dir. Die machen es so, dass der Verdacht auf dich und mich fällt. Du hast keine Wahl, und wenn es dumm läuft, dann bleibt auch was an deinem Gspusi, der Thea, hängen.«

»Woher kennt der die Thea?«

Luck grinste: »Bist schon ein g'scheiter Patsch, die wissen alles, auch dass du ab und zu mit deiner Thea in München als Herr und Frau Täuscher im Hotel absteigst. Glaubst, die fangen ein Geschäft an, ohne zu wissen, mit wem sie es zu tun haben? Die haben überall ihre Kontakte.«

Hubert wurde innerlich ganz heiß und schwindelig, er wollte wieder aufstehen, doch Luck Schinder hielt ihn fest.

»Ich bring dir das Geld für die Uhr, und du findest raus, wo sie den Schmuck hat.«

Hubert riss sich los und stand auf. Luck rief ihm noch hinterher: »Um elf im Thalia. Ich zähl auf dich! Hörst?«

Mittwoch, 12. Juli 1922,
Volksgericht Landshut,
dritter Verhandlungstag,
1 Uhr mittags

Um ein Uhr wird die Verhandlung mit Anna Priegl, der Geliebten des Angeklagten Schinder, fortgeführt. Die Zeugin Priegl leistet nur einen bürgerlichen Eid. Sie gibt vor Gericht an, sie liege seit kurzem mit Schinder in einem Rechtsstreit, da der die Vaterschaft an ihrem vor wenigen Wochen geborenen Kind abstreite.

»Dabei kommt aber nur er in Frage. Ich bin eine anständige Frau. Das Heiraten hat er mir versprochen, und jetzt will er nichts mehr davon wissen.«

»Fräulein Priegl, können Sie uns sagen, wie es damals war, als die beiden Angeklagten zu Ihnen in die Wohnung gekommen sind?«

»Der Schinder und der andere Herr sind am 31. März zu mir gekommen. Ich war über den Besuch überrascht, der Luck hatte sich während der Schwangerschaft nicht oft blicken lassen. Und noch mehr erstaunt war ich, wie die beiden die verschiedenen Schmucksachen dagelassen haben. So viel auf einem Fleck habe ich noch nie gesehen, der ganze Tisch war voll, und gefunkelt und geblitzt hat es. Ich hab den Luck noch zum Spaß gefragt, wo er die Sachen denn gestohlen hat.«

»Hatten Sie damals schon den Verdacht, dass der Schmuck unrechtmäßig in die Hände der beiden gelangt ist?«

»Nein, bei meiner Seele, ich wollte den Luck nur ein wenig aufziehen. Aber der ist ganz blass geworden und hat verlegen herumgedruckst. Ich hab noch zu ihm gesagt, ob er denn keinen Spaß mehr versteht.«

»Was hat er Ihnen denn gesagt, woher er die Sachen habe?«

»Er hat gesagt, er habe sie von einem Freund bekommen.«

»Und Sie haben das geglaubt?«

»Ich hatte keinen Grund, es nicht zu glauben.«

»War der Herr Täuscher die ganze Zeit dabei, oder ist er erst später dazugestoßen?«

»Ganz zu Anfang war der Luck alleine, der andere ist erst eine Viertelstunde später gekommen. Der Luck hat ihm die Tür aufgemacht und ihn hereingelassen.«

Donnerstag, 11. April 1922,
Polizeipräsidium Landshut,
Johann Huther,
6.15 Uhr abends

Johann Huther ging von seinem Amtszimmer aus die Neustadt hinunter. Beide Hände in den Manteltaschen vergraben, den Kragen hochgeschlagen, blieb er auf Höhe der Konditorei Prock stehen und schaute von der gegenüberliegenden Straßenseite hinauf zu den Fenstern der Ganslmeier'schen Wohnung. In der Dämmerung wirkten die dunklen Fenster abweisend und unheimlich. Während er auf dem Trottoir stand und hinaufschaute, dachte Johann Huther an seinen Rundgang durch die Wohnung. Nicht gerade die Beletage, die lag zwei Stockwerke tiefer. Der dritte Stock, gleich unter dem Dach, war ein Abstieg, die Ganslmeier musste das so empfunden haben, ging es ihm durch den Kopf. So wird sie sich ihr Leben nicht vorgestellt haben, die Clara. Möbel, die die besten Tage bereits hinter sich hatten, alles ordentlich, aber abgenutzt. Das Klavier und der Schmuck, die einzigen Reminiszenzen an bessere Tage.

Die Zeiten waren schlecht – schlecht für alle. Er seufzte. Wie hart musste es erst jemanden ankommen, der zu einem ganz anderen Leben erzogen worden war, in einer Zeit, die ein für alle Mal vorbei war? Bestimmt hatte sie von einem Leben als Frau eines höheren Beamten geträumt, hatte gelernt, einen Haushalt zu führen, ein bisschen Französisch, ein klein wenig Musik und Literatur, genug für eine ungezwungene Konversation zur Unterhaltung der Gäste, all die Dinge, die eine höhere Tochter eben können musste. Dann kam der Krieg, die Revolution, danach die Republik. Clara Ganslmeier und ihresgleichen waren zweifellos in einem falschen Leben aufgewacht, ihre Ordnung war durcheinandergeraten, so musste sie das jedenfalls empfunden haben. War es da nicht verständlich, dass sie sich an einen jungen Haderlump aus bürgerlichem Hause hängte? Sie war nicht mehr die Jüngste, und die Zeit war ihr wohl durch die Finger geronnen. Mit einem Mal reute ihn die Clara, es war nicht so sehr ihr schrecklicher Tod, der ihn anrührte, ein Mord oder Todschlag gehörten zu seinem Beruf, wenn auch gottlob nicht allzu oft, nein, viel mehr schmerzten ihn die enttäuschten Hoffnungen, die nicht erfüllten Träume.

»Beschissen bist worden, armes Luder, wie wir alle«, sagte der Kriminaloberwachtmeister zu sich selbst, als er über die Straße ging. Es fing an zu nieseln. Trotz des Regens blieb er noch einmal direkt vor dem Haus stehen, wartete einen kurzen Moment, dann wandte er sich nach links und ging langsam die Neustadt hinauf, Richtung Kirchgasse, dort bog er ein, um gleich darauf vor der Metzgerei Rötzer erneut stehen zu bleiben.

Es war kurz vor Ladenschluss, durch das Schaufenster sah er, wie die Verkäuferin gerade dabei war, Wurst und

Fleisch aus der Theke zu räumen und nach unten in die Kühlung zu bringen. Nach kurzem Überlegen betrat er den Laden.

»Ist schon spät, aber kann ich noch hereinkommen?«

Johann Huther nahm seinen Hut ab und schüttelte umständlich die Nässe heraus.

»Ja, freilich haben wir noch offen – solange ich im Laden bin, haben wir auf. Was darf's denn sein?«

»Haben S' noch einen Presssack da?«

»Einen roten oder einen weißen?«

»Geben Sie mir einen roten.«

»Ist es so recht, oder soll's mehr sein?«

Die Verkäuferin zeigte mit dem Messer eine einen Zentimeter dicke Scheibe an.

»Passt schon, und eine Hirnwurst hätte ich noch gern.«

Die Frau richtete sich auf und schaute den Kriminaloberwachtmeister an.

»Sie kommen mir irgendwie bekannt vor.«

Dann stutzte sie einen Moment »Jetzt hab ich es! Sie sind doch der Kriminaler, der dabei war, wie sie sie gefunden haben, die Leichen, droben in der Wohnung Ganslmeier. Alle Leute aus der Nachbarschaft sind zusammengelaufen, da bin ich auch nicht hiergeblieben. Die Neugier hat mich druckt, da hab ich den Laden abgesperrt und bin hinüber. Ich hab g'schaut, was los ist. Genau da hab ich Sie gesehen. Wie Sie aus der Wohnung raus sind, nachdem die Toten gefunden wurden.«

Johann Huther fühlte sich ertappt und unwohl in seiner Haut, da war er wieder, der Ratsch, die Denunziation, das Besserwissen.

»Meine Güte, das war was! Wie das Fräulein Beer alles

hysterisch zusammengeschrien hat.« Die Frau hinter der Theke schüttelte den Kopf. »Und glauben tust es nicht – wie es der Zufall will, haben Sie jetzt auch noch genau dasselbige bestellt wie die Clara, als sie das letzte Mal bei mir im Geschäft war. Presssack und Hirnwurst. Die Mutter von der Clara, die hat unseren Presssack immer so gern gegessen. Die alte Frau Ganslmeier, mei, eine so bescheidene, ruhige Frau. Sie reut mich schon. Ich kann mich noch erinnern, bis vor zwei Jahren, als es ihr noch besserging, ist sie immer zum Einkaufen gekommen. Die Familie Ganslmeier kauft schon Jahre bei uns, wie ich als Lehrmädchen angefangen hab, waren die schon immer bei uns. Das war, bevor ich eingeheiratet hab. Eine alte Kundschaft. Zur Hochzeit haben sie uns sogar ein Präsent vorbeigebracht, eine Flasche Wein.«

»Dann sind Sie die Frau …«

»Traudl Rötzer, meinem Mann und mir gehört das Geschäft.«

»Was können Sie mir denn sagen über die Familie Ganslmeier, Frau Rötzer?«

»Was soll ich schon sagen? Die Clara, die geht ja ganz nach dem Vater. Der war groß und stattlich, die Mutter, die war eher klein und immer ganz ruhig und zurückhaltend. Ganz das Gegenteil von Mann und Tochter.«

Während sie die Hirnwurst in Papier einschlug, erzählte Traudl Rötzer weiter.

»Die Clara wollt immer ein bisschen höher hinaus. Einen Beamten in gehobener Stellung, wie ihr Vater einer war, oder einen Offizier hätt sie heiraten wollen. Aber dann kam der Krieg, und irgendwie hat sie's dann wohl überlurrt. Ganz lang soll sie eine Liebschaft mit einem gutsituierten, aber verheirateten Mann hier aus Landshut gehabt haben. Vom Hörensagen hab ich, dass das Verhältnis sogar noch Bestand hatte, wie sie sich schon mit dem Täuscher eingelassen hat. Aber beschwören möcht ich das nicht, glauben S' mir, geredet wird viel. Und besonders jetzt.«

»Wann haben Sie sie denn zuletzt gesehen, die Clara?«

»Am Donnerstag auf die Nacht, gegen fünf Uhr, da ist sie hereingekommen ins Geschäft. Ich war gerade dabei, die Frau Gmeiner zu bedienen. Recht eilig hat sie es gehabt. Immer hin und her ist sie, die Clara. Und mit ihrem Lorgnon hat s' die ganze Zeit herumgespielt, aber ich hab mich nicht drausbringen lassen. Ich kann auch nicht mehr als eine Kundschaft nach der anderen verrichten. Da hat s' halt ein kleines bisserl warten müssen. Wie sie dann drankommen ist, wollt sie ein paar Scheiben Hirnwurst und den Presssack. Ja, und ein Stück Lyoner.«

»Ist Ihnen was Besonderes aufgefallen?«

»Besonderes? Nein.«

Traudl Rötzer überlegte kurz, dann fuhr sie fort.

»Ich hab sie noch gefragt, warum sie es denn gar so eilig hat. Ob sie etwa Besuch erwartet. Denn sie war schon recht hergerichtet, in ihrem grauen Kostüm mit dem Pelzkragen und den Ohrringen. Aber so war sie halt, die Clara, ging nie ohne Schmuck aus dem Haus. Sie achtete immer auf ihr Äußeres, war halt eine Dantschige.«

»Und was hat sie Ihnen zur Antwort gegeben?«

»Sie hat so getan, als hätte sie mich nicht gehört. Das hat s' manchmal gemacht, wenn sie einem nicht antworten wollte, die Clara. Gleich danach ist sie hinaus aus dem Geschäft, aber davor hat sie das Geld noch genau abgezählt, da spielte es keine Rolle, ob sie es eilig hatte oder nicht. Mit dem Geld war sie immer sehr akkurat. Sie hat immer alles nachgezählt, ob es auch stimmt. Die Clara war wirklich nicht jedermanns Fall.«

Traudl Rötzer packte die beiden Wurstpakete zusammen und reicht sie Johann Huther über die Theke.

»Wissen S', wie ich im Nachhinein dann erfahren hab, dass sie direkt ihrem Mörder in die Arme gelaufen sein muss, da hat es mich doch recht gegruselt. In der Zeitung ist doch gestanden, dass sie am Donnerstag ermordet wurde.«

»Ja, das stimmt, soweit wir wissen, muss die Tat am Donnerstag begangen worden sein.«

Johann Huther reichte Traudl Rötzer einen Geldschein. Sie beugte sich über die Theke und gab Huther mit der Hand ein Zeichen, dieser möge doch näher an sie heranrücken.

»Wissen S', mir geht das nicht aus dem Kopf, wer weiß, vielleicht hat er gar schon auf die Clara gewartet, droben in der Wohnung. Wenn ich bloß daran denke, dann bekomm ich schon eine Gänsehaut, das können S' mir glauben. Ich werd's nicht los, womöglich hat sie die Wurst für den Mörder eingekauft. Das meint auch die Frau Gmeiner, die hat die Clara an diesem Tag ja auch hier im Laden gesehen. Stellen S' sich vor, vielleicht hat der Mörder in ihrer Abwesenheit die Mutter umgebracht, und sie ist ihm dann direkt in die Arme gelaufen. Mir wird ganz anders! Wie mag sie sich gewehrt haben? Mit Armen und Beinen wird sie um sich geschlagen haben. Schrecklich! Man hört ja die allerwildesten Geschichten darüber. Gesagt haben s', aufs Bett hat er sie geworfen und am End gar noch die Kleider vom Leib gerissen. Und dann soll er auf sie eingestochen haben, bis sie sich nicht mehr gerührt hat. Genau wie in dem Film, den sie jetzt gerade zeigen in den Zweibrücken-Lichtspielen, *Der blutige Dolch*. Den müssen S' sich anschauen, dann wissen S', wie er es gemacht hat. Die spielen den Film jetzt sogar länger, weil alle Leute hier in der Stadt ihn sehen wollen. Nach dem Mord ist das hier das Tagesgespräch, sag ich Ihnen.«

Huther bedankte sich höflich, nahm sein Wurstpaket und verließ den Laden. Am Ende blieb doch nur Ratsch und Tratsch. Ihm schwirrte der Kopf. Verrückt machen ließen sie sich alle, vom Gerede und vom Kino. Aber trotzdem würde er gleich morgen die Zeugin einbestellen lassen müssen, denn auch wenn einige ihrer Äußerungen doch sehr stark durch Vermutungen und selbstgezogene Schlüsse verwässert waren, so hatte sie doch als Letzte die junge Ganslmeier lebend gesehen. Und wer weiß, vielleicht lag sie mit ihrer Vermutung nicht einmal so falsch, und der Mörder hatte tatsächlich in der Wohnung auf Clara gewartet. Auch dem Gerücht mit dem verheirateten Mann würde er nachgehen müssen; selbst wenn alle Welt bereits glaubte, dass Hubert Täuscher der Schuldige war, so musste ihm die Tat doch erst nachgewiesen werden. In Gedanken versunken ging Huther nach Hause. Der Regen hatte mittlerweile wieder nachgelassen. Vielleicht sollte er doch seinem Vorsatz untreu werden und seine Frau ins Kino einladen? Ihr würde die Abwechslung guttun, außerdem war er nun doch neugierig geworden. Schon aus beruflichen Gründen sollte er sich den Film anschauen.

Und dann war da noch die Beerdigung, zu der würde er

auch gehen müssen. Ihm graute davor. Ganz Landshut würde auf den Beinen sein, eine solche Attraktion ließ sich wohl keiner entgehen. Er selbst hätte liebend gerne darauf verzichten können.

Samstag, 25. März 1922,
Landshut, Neustadt,
Uhren- und Schmuckwarenhändler Emil Mühlbauer,
8.20 vormittags

Emil Mühlbauer sah den jungen Täuscher schon von weitem vor dem Laden auf dem Trottoir auf und ab laufen. Der Uhrmacher ließ sich Zeit, der Bursche konnte warten.

Während er durch den Seiteneingang ins Geschäft ging, danach wie jeden Tag den Mantel im Büro auszog, ihn sorgsam auf einem Kleiderbügel an den Haken neben der Tür hängte und Uhren und Schmuck aus dem Tresor holte, drückte Täuscher sich die Nase am eisernen Rollladen platt, um durch die Ritzen einen Blick in den Laden werfen zu können. Mühlbauer ließ sich auch nicht durch das gelegentliche Klopfen aus der Ruhe bringen. Langsam und bedächtig räumte er Stück für Stück in die Glasvitrinen im Verkaufsraum ein.

Erst vor ein paar Wochen war Täuscher im Laden gewesen, um eine Taschenuhr zu versetzen. Ein seltenes und teures Stück. Dem Uhrmacher war von Anfang an klar gewesen, dass sein junger Kunde keine Ahnung von dem wahren Wert des Stücks hatte, ließ er sich doch mit ein paar Mark abspeisen. Mühlbauer kannte das Kleinod, er hatte es regelmäßig im Auftrag des verstorbenen Besitzers gereinigt. Für Mühlbauer hatte jede Uhr ihr eigenes Gesicht, er wusste sofort, dass sie Clara Ganslmeier und nicht Hubert Täuscher gehörte.

Noch am selben Tag hatte er den Lehrjungen mit ein paar Zeilen zur Ganslmeier geschickt. Sie möge doch so freundlich sein und in einer dringenden und delikaten Angelegenheit bei ihm im Laden vorbeischauen. Wie der Uhrmacher ihr dann bei ihrem Besuch im Geschäft die Uhr unter die Nase gehalten und sie ihr zum Rückkauf angeboten hatte, hatte die Ganslmeier beinahe die Contenance verloren. Als das Fräulein sich gefasst hatte, gab sie an, ihr Verlobter befände sich in einem momentanen finanziellen Engpass, und er, Mühlbauer, möge doch dafür Rechnung tragen, dass dem guten Stück nichts geschehe. Die Unpässlichkeit würde sich bestimmt auf- und der junge Herr die Uhr umgehend auslösen.

Mühlbauer war wenig überrascht, als in den nächsten Tagen nichts dergleichen geschah, und als selbst nach Wochen die Uhr immer noch in seinem Tresor lag, bestätigte dies nur seinen Eindruck von den fehlenden finanziellen Möglichkeiten des jungen Täuscher und denen des Fräulein Ganslmeier. Dass das Fräulein so gar nicht danach trachtete, ihr Eigentum wieder zurückzukaufen, machte ihn stutzig. Der Ganslmeier ging das Geld aus, trotz oder vielleicht auch wegen der großzügigen Geschenke, die sie dem jungen Täuscher anscheinend machte. Deshalb überraschte es Mühlbauer ein wenig, Täuscher an diesem Morgen vor dem Geschäft stehen zu sehen. Gegen halb neun sperrte er endlich den Laden auf und ließ ihn herein.

Täuscher kam gleich ohne Umschweife auf den Grund seines Besuches zu sprechen.

»Grüß Gott, Herr Mühlbauer. Ich hoffe, Sie können sich an mich erinnern?«

»Grüß Gott, der Herr … kommen S', helfen S' mir drauf.« Es war meist klüger, sich dümmer zu stellen, als man war.

»Täuscher, Hubert Täuscher.«

»Und was kann ich für Sie tun, Herr Täuscher?«

»Es hat jetzt zwar ein bisserl länger gedauert, aber ich möchte die Uhr auslösen, die ich vor ein paar Wochen bei Ihnen gelassen hab. Die Angelegenheit ist mir gar zu peinlich, und ich möcht sie aus der Welt schaffen.«

»Kein Problem, Herr Täuscher, haben Sie denn den Pfandschein dabei, damit ich die Uhr gleich holen kann und alles seine Richtigkeit hat?«

Hubert Täuscher kramte umständlich in seinen Taschen, der Uhrmacher ließ ihn dabei nicht aus den Augen. Schließlich zog der junge Mann den Abschnitt heraus und legte ihn auf den Ladentisch.

Emil Mühlbauer rückte seine Augengläser zurecht und besah sich den Abholschein.

»Das ist die Uhr vom Fräulein Ganslmeier. Es tut mir leid, Herr Täuscher, aber ich denke, Sie wissen selber, wie delikat die Angelegenheit war.«

Er blickte Täuscher über den Rand seiner Brille hinweg an. »Ich habe die Uhr damals angenommen in den Glauben, dass es Ihr Eigentum sei, aber wie sich dann herausgestellt hat, gehört sie immer noch dem Fräulein Clara. Wissen Sie, ich möchte keine Schwierigkeiten, für ein Geschäft wie das meinige sind ein guter Ruf und zufriedene

Kundschaft alles. Ich habe mit dem Fräulein vereinbart, die Uhr nur in ihrem Beisein auszuhändigen. Es tut mir leid, aber ich kann sie Ihnen nicht geben.«

Hubert Täuscher wurde zuerst blass und dann feuerrot.

»Wann kann ich denn dann mit dem Fräulein Ganslmeier vorbeischaun?«

»Wann immer Sie möchten. Wenn es Ihnen pressiert, können Sie auch heute noch kommen. Das Auslösen selbst ist in zwei Minuten erledigt, nur das Fräulein sollte halt schon dabei sein.«

Keine zwei Stunden später stand Täuscher wieder im Laden, diesmal in Begleitung der Ganslmeier. Die ganze Angelegenheit zog sich dann doch in die Länge, zum einen, weil sie ständig von neuer Kundschaft, die in den Laden kam, unterbrochen wurden, zum anderen, weil Emil Mühlbauer die Gelegenheit beim Schopfe packen wollte, um mit Clara Ganslmeier wegen einiger Schmuckstücke ins Geschäft zu kommen. Die Ganslmeier war grundsätzlich nicht abgeneigt, ihm ihren Schmuck zu zeigen, wie sie versicherte, zierte sich aber ein wenig: »Lieber Herr Mühlbauer, ich zeige Ihnen gerne ein paar meiner Stücke, aber über einen Verkauf muss ich erst nachdenken.«

»Mein gnädiges Fräulein, da ist überhaupt keine Eile geboten. Wer spricht denn von Verkauf, ich würde mir die Sachen gerne anschauen, schon aus beruflicher Neugierde. So eine schöne Sammlung bekommt man in Landshut nicht alle Tage zu sehen. Das können Sie mir ruhig glauben.«

»Wissen Sie, Herr Mühlbauer, ich hänge an den Stücken mit aller Liebe, schon weil ich sie von meinem verstorbenen Vater bekommen habe.«

»Aber liebes Fräulein Clara, darüber brauchen wir doch nicht zu reden. Das verstehe ich voll und ganz. Als Kenner und Liebhaber hängt man an jedem einzelnen Stück. Besonders wenn man, wie in Ihrem Fall, damit auch schöne Erinnerungen verbindet.«

»Herr Mühlbauer, Sie verstehen mich. Wenn ich es mir recht überlege, wäre ich unter bestimmten Umständen bereit, mich von weniger lieben Teilen zu trennen. Vorausgesetzt, der Preis stimmt.«

Aus Erfahrung kannte Mühlbauer solches Taktieren, die Ganslmeier war nicht die Einzige, die sich so verhielt. Er wusste, man musste einen langen Atem und Geduld haben.

»Über den Preis, da reden wir noch gar nicht. Ein guter Preis ist Ehrensache. Schon wegen der Freundschaft und dem Respekt, den ich für Ihren Vater empfunden habe.«

Schließlich einigte man sich auf ein erneutes, ungestörtes Treffen, zur Besichtigung des Schmucks in der Ganslmeier'schen Wohnung.

»Es wäre mir eine Ehre, liebes Fräulein Clara, wann wäre es Ihnen denn gelegen?«

Der Termin für eben diesen Donnerstag war schnell ausgemacht.

Um zehn wollte Mühlbauer in der Neustadt sein. Bei seinem Eintreffen um viertel nach war nicht nur Clara Ganslmeier da, auch Hubert Täuscher hatte sich eingefunden. Nach einer kurzen Begrüßung saßen alle drei zusammen im Salon.

»Mein lieber Herr Mühlbauer, darf ich Sie auf ein kleines Glas Likör einladen, ehe ich den Schmuck hole? Bertl, du trinkst doch auch einen, oder?«

Sie prosteten einander zu, dann stand das Fräulein auf, um den Schmuck zu holen. Hubert Täuscher bot sich an, ihr zu helfen, aber die Ganslmeier lehnte ab, der Schmuck befände sich im Zimmer der Mutter im Sekretär, und sie wolle nicht, dass die Mutter gestört würde, da es der alten Dame nicht so gut ginge. Wieder im Wohnzimmer, zeigte sie Mühlbauer die Stücke.

Clara Ganslmeier genoss es, sie zu zeigen, damit zu protzen. Ihre Augen leuchteten, und die Wangen waren leicht gerötet, während sie den Schmuck vorführte. Stück für Stück. Und zu jedem erzählte sie, wie lange es sich schon im Besitz der Familie befand oder zu welchem Anlass sie es bekommen hatte. Mühlbauer kannte solche Gespräche nur zu gut. In seinem Geschäft ließ man sich nicht so leicht entmutigen, früher oder später zahlte es sich aus.

Der junge Täuscher hingegen verlor schon nach wenigen Minuten die Geduld. Mühlbauer entging nicht, wie dieser auf dem Stuhl hin und her rutschte. Nachdem Hubert seinen Likör ausgetrunken hatte, hatte er es eilig. Er verabschiedete sich schnell und ging. Mühlbauer blieb noch eine Weile bei der Ganslmeier sitzen, ehe auch er sich verabschiedete.

Die Tür fiel hinter dem Uhrmacher ins Schloss. Für kurze Zeit stand er auf dem Treppenabsatz, dann setzte er seinen Hut auf und stieg die Treppen hinunter. Sein Besuch bei Clara Ganslmeier hatte sich gelohnt. Die Stücke, die er gesehen hatte, waren zum Teil wirklich von erstaunlicher Qualität. Er würde ihr einen guten Preis machen müssen.

»Abwarten«, sagte er zu sich selbst. »Mal sehen, wann sie sich meldet.«

Und melden würde sie sich früher oder später. Ein Verlobter wie der Täuscher war schwer zu halten.

Ehe er durch die Haustür ins Freie trat, klappte er den Kragen seines Mantels hoch. »Was für ein Sauwetter!«

Mittwoch, 12. April 1922,
Landshut, Ursulinengäßchen,
Kriminaloberwachtmeister Johann Huther,
7.47 Uhr abends

Es war ein langer Arbeitstag gewesen, und Johann Huther fühlte sich müde und leer. Er stieg zu seiner Wohnung hinauf, die hölzernen Treppen knarrten bei jedem Schritt. Heute war er auf der Beerdigung gewesen, und die Bilder wurde er seitdem nicht mehr los. Huther mochte keine Beerdigungen und mied sie, doch diesmal hatte er aus dienstlichen Gründen dabei sein müssen.

Der Friedhof war überfüllt gewesen, die Schaulustigen drängten sich zwischen den Gräbern. Selbst an Allerheiligen waren für gewöhnlich weniger Menschen auf dem Friedhof, es schien ihm, als hätte sich die ganze Stadt auf den Weg gemacht. Am allermeisten störte ihn jedoch die Volksfeststimmung, die sich dort gleich nach der Beisetzung breitgemacht hatte. Trauben von Menschen standen an den Enden der Gräberreihen und zerrissen sich das Maul. Die Straßen und Wege um den Friedhof herum waren verstopft gewesen, und Huther hatte eine halbe Ewigkeit gebraucht, ehe er schließlich an seinen Schreibtisch zurückkehren konnte. Der ganze Tag war für die Katz gewesen.

Vor der Wohnungstür angelangt, suchte er in der ledernen Aktentasche nach dem Schlüssel, er konnte ihn aber nicht finden. Huther klopfte vorsichtig an die Tür, leise, um die Kinder nicht zu wecken.

Erna öffnete.

»Grüß dich, sei leise, ich hab die Kinder gerade ins Bett gebracht.«

Sie unterstrich das Gesagte, indem sie sich den ausgestreckten Zeigefinger vor den Mund hielt. Huther gab ihr einen flüchtigen Kuss auf die Wange, als er an ihr vorbei in den Flur trat.

»Müde schaust aus, Hans.« Mit den Worten »Warte, ich richte dir gleich dein Abendbrot« verschwand sie in der Küche.

Huther hängte den Mantel an die Garderobe, streifte sich die Schuhe ab. Danach ging er ins Schlafzimmer, zog Jackett und Hemd aus und legte beides sorgfältig über den Stuhl. Er goss etwas Wasser aus dem Krug am Waschtisch in die Schüssel und wusch sich Hände und Gesicht. Strumpfsockig ging er in die Küche.

Dort stand sein Abendessen bereits auf dem Tisch. Erna spülte, über den Ausguss gebeugt, die Teller und Becher der Kinder ab. Als sie ihn hereinkommen hörte, wischte sie sich die Hände an der Schürze trocken.

»Soll ich schnell über die Gasse laufen und einen Krug Bier holen?«

»Nein, brauchst nicht.« Huther schüttelte den Kopf. »Ich kann jetzt kein Bier trinken.«

Er setzte sich an den Tisch. »Ich trink ein Wasser, oder kannst mir einen Tee machen? Ich hab heute den ganzen Tag so ein Magendrücken.«

»Darüber hast in der letzten Zeit aber schon öfter geklagt. Du solltest zum Doktor gehen«, sagte seine Frau, während sie ihm wieder den Rücken zugewandt hatte und heißes Wasser aus dem Wasserschaf in eine Kanne füllte. »Weißt was, ich mach dir einen Kamillentee, und in den nächsten Tagen gehst aber wirklich zum Doktor, wenn's nicht besser wird.«

»Es geht schon, Erna, ist nicht so schlimm, brauchst dir keine Sorgen machen. Ich bin halt einfach nur ein bisserl müde. Die Beerdigung geht mir nicht aus dem Sinn, und in der Arbeit hab ich mich auch geärgert. Die ganze Sache mit dem Doppelmord gehört jetzt zur Staatsanwaltschaft. Der Dr. Fersch glaubt, dass sie schon alles wissen, was sie wissen müssen. Die sind fest vom Täuscher als Mörder überzeugt, die glauben, dass kein anderer in Frage kommt.«

»Ja, hat der den Mord schon zugegeben?«

»Gestanden hat er bis jetzt noch nicht, aber der Fersch meint, das ist nur eine Frage der Zeit. Früher oder später fällt einer von den beiden um und macht den Mund auf. Den Täuscher haben s' schon vor einer Woche nach Deggendorf zur medizinischen Untersuchung gebracht, dort soll ein Gutachten erstellt werden, ob er auch wirklich zurechnungsfähig ist.«

»Was glaubst du?«

Erna Huther ging mit der gefüllten Teekanne hinüber zum Tisch. Ihr Mann zuckte mit den Achseln.

»Ich hab noch nicht mit ihm geredet, und dabei war ich auch nicht, wie sie ihn hingebracht haben. Der Weinbeck hat ihn begleitet. Der hat auch gemeint, dass er ein rechter Spinner ist. Aber weißt, Erna, auch ein spinnerter Mensch weiß, was richtig und was falsch ist.«

Johann Huther schob den Teller beiseite.

»Sei mir nicht bös, ich hab keinen Appetit.«

»Ist schon recht, aber den Tee musst trinken.«

Sie rückte sich den Stuhl zurecht und setzte sich.

»Magst vielleicht einen Zwieback oder eine trockene Semmel? Das tut deinem Magen gut, denn ein bisserl was musst schon essen.«

Sie nahm seine Hand und hielt sie in der ihren. Huther saß da und sagte nach einer ganzen Weile: »Ich hab kein gutes Gefühl, Erna. Überhaupt kein gutes Gefühl.«

»Ich seh's dir an.«

»Das ist mir alles zu einfach. Der Täuscher geht hin, bringt die beiden Frauen um und nimmt den ganzen Schmuck mit. Das alles macht er so offensichtlich, dass wirklich keiner in der ganzen Stadt daran zweifelt, dass er der Täter ist. Ganz so, als würde er ein großes Schild vor sich hertragen, wo draufsteht: ›Ich war's!‹ Der hätte doch wissen müssen, dass er der Erste ist, der in Verdacht kommt. Selbst wenn er ein Spinner ist, so dumm kann doch keiner sein, oder? Der Fersch hat die Sache mit der Unterschlagung ausgegraben, und die hält er ihm jetzt vor. Nach dem Motto, wenn einer schon einmal was angestellt hat, dann macht er es auch ein zweites Mal. Ich habe mir die Akte durchgelesen, und wenn ich ehrlich bin, weiß ich nicht, was damals an dem Ganzen dran war. Ich werde nicht schlau draus, das war ein Dummejungenstreich, da nimmt er dem Vater Geld aus der Kasse, weil der ihn zu kurz gehalten hat – sonst nichts. Dann ist der Verdacht auf einen der Gesellen gefallen, und die Geschichte hat ihren Lauf genommen.

Und die Sache jetzt ... sein Kompagnon, der Schinder,

das reinste Unschuldslamm, dabei hat der ein Strafregister, länger als mein Ellbogen. Dann ist da noch der Geselle, der Luft – den der alte Täuscher damals im Verdacht hatte, eh rauskam, dass der Junge es war. Erst spannt ihm der Täuscher das Madl aus, dann dupft er ihn mit der Unterschlagung rein, und zuletzt kann der Luft zuschauen, wie das arme Mädel gegen die Ganslmeier ausgetauscht wird. Und zu allem Überfluss wickelt der Hubert die Schwankl selbst dann noch um den Finger, als die Verlobung mit der Ganslmeier schon fast offiziell ist. Da gehen so einem Jungspund schon mal die Gäule durch. Der große Unbekannte, der verheiratete Geliebte von der Ganslmeier, der durch viele Aussagen spukt … Ein Phantom ist das! Jeder ratscht da herum, aber gesehen hat ihn keiner.

Heute haben die Chemiker den Bericht geschickt. Der Blutfleck, den der Wurzer auf der Krawatte vom Täuscher gefunden hat, ist doch bloß ein Bratensoßenfleck. Den Wurzer hättest sehen sollen, wie dem das Gesicht runtergefallen ist, das war an dem ganzen Tag auch schon das Erfreulichste.

Erna, das passt nicht zusammen, das spüre ich. Aber der Staatsanwalt hat Anklage erhoben, und dann kann so ein kleiner Beamter wie ich noch so viele Zweifel haben, das nützt alles nichts.«

»Ich versteh dich, aber du kannst heut nichts mehr ändern. Komm, gehen wir zu Bett, es ist schon gleich neun. Morgen musst wieder zeitig aufstehen.«

Erna Huther hatte für einen kurzen Moment den Eindruck, als wollte ihr Mann noch mehr sagen. Doch der stand auf: »Hast recht, ich bin müde, gehen wir schlafen.«

Landshuter Zeitung
Lokales: Doppelraubmord

Landshut, 13. April 1922

Gestern wurden hier in Landshut die beiden bedauernswerten Opfer der schaurigen Mordtat, die unsere Stadt in den letztem Tagen in Atem gehalten hatte, beigesetzt. Die Beerdigung von Frau Elsa Ganslmeier und ihrer Tochter Clara fand unter reger Anteilnahme der Bürger unserer Stadt auf dem städtischen Friedhof statt. In einer ergreifenden Grabrede nahm Kooperator Berchtenbreiter von den unter grausamen Umständen Verschiedenen Abschied.

Der der Tat verdächtige Hubert Täuscher, Bürgersohn aus Landshut, der sich bei der Konfrontation mit den Leichen sehr kaltblütig gezeigt hat, leugnet bis jetzt jede Schuld, ebenso will aber auch der ebenfalls in die Tat verstrickte Luck Schinder nichts von den Morden wissen. Letzterer leistete bei seiner Festnahme in München keinerlei Widerstand und wies die gegen ihn erhobenen Vorwürfe zurück. Die Untersuchung durch die Beamten der Kriminalpolizei muss daher erst Licht in das Dunkel der Mordtat bringen.

Mittwoch, 12. Juli 1922, Volksgericht Landshut, dritter Verhandlungstag, 7 Uhr abends

Dem Gutachter Medizinalrat Dr. Steidel sind zwei Dinge in besonderer Erinnerung geblieben: die Kaltblütigkeit des Angeklagten und sein theatralisches Wesen.

»In meiner Laufbahn als Mediziner war ich schon häufiger bei der Konfrontation eines der Tat Verdächtigen mit den Opfern zugegen. Es ist eine Situation von gewaltiger Intensität. In einer solchen Situation der extremen Anspannung zeigt sich das wahre Gesicht. Spreu und Weizen trennen sich hier. Die Person ist mit der Gegenüberstellung meist völlig überfordert und hat nicht genügend Zeit, sich darauf vorzubereiten. Ohne es zu wollen, verrät deshalb ein jeder in der Art und Weise, wie er sich äußert, sehr viel über sich und die Tat. Bei der Konfrontation mit den Mordopfern sagte Täuscher: ›Angesichts der Leichen schwöre ich, dass ich nicht der Mörder bin!‹

Ich fand diese Äußerung bezeichnend, war sie doch unangebracht und übertrieben. Mimik und Gestik hatten etwas Einstudiertes, alles zielte ganz darauf ab, welche Wirkung sie auf andere hat. Nichts war echt, alles falsch und unwahr. Dies ist ein Indiz dafür, dass Täuscher sich auf die Gegenüberstellung vorbereitet hatte. Nur jemand, der weiß, was ihn erwartet, ist zu einer solchen Reaktion fähig.

Hubert Täuscher wurde wenige Tage später an unser Institut überwiesen, und auch dort zeigte er bei der Untersuchung seines Geisteszustandes Auffälligkeiten. Im weiteren Verlauf spielte Täuscher gerne den Heiteren und Unbekümmerten, immer ist dieses Verhalten eine Spur zu dick aufgetragen, selbst in den wenigen Momenten, in denen seine melancholische Stimmung deutlich wird. Was angesichts der schweren Vorwürfe gegen den Angeklagten nur verständlich wäre. Befragte ich ihn in einem solchen Augenblick, war die Antwort unbefriedigend. Er sagte dann: ›Ich bin immer heiter und fidel.‹

Für mich liegt deshalb der Schluss nahe, dass dieses Benehmen auf Berechnung beruht. Täuscher versucht so, Schuld und schlechtes Gewissen von sich zu schieben und stattdessen Unschuld vorzutäuschen. Wenn ein Mensch in einer Situation wie dieser, in der Spannung und Druck schier unerträglich sind, trotzdem zu so einem gespielten Verhalten fähig ist, deutet das auf einen tatsächlichen Mangel an Empathie und Emotion hin. Kurz gesagt, Hubert Täuschers sittlicher Wert wiegt leicht. Er ist ein Mensch, der sich nicht ein- oder unterordnen kann. Mit Hochmut und Selbstbewusstsein spielt er den Unverstandenen. Zieht sich sofort zurück, wenn er auf Widerspruch trifft. Sein Intellekt ist gut, es fehlt auch nicht an ethischen Begriffen, aber die Seele schwingt nicht mit. Täuscher ist ein Renommist, Lügner und Phantast. Er will immer um jeden Preis eine Rolle spielen, im Mittelpunkt stehen. Seine besondere Vorliebe für das Kino bestärkt ihn in seinem Verhalten.

›Ich bin ein Anbeter des Kinos‹, faselt er, und als solcher träumt er davon, bekannt und berühmt zu werden. Auch in seinen finstersten Momenten der Verzweiflung, die es selbst bei einem Menschen, wie er einer ist, geben mag, lässt er davon nicht ab. Er fabuliert in schwülstigem Ton darüber, wie oft es ihm durch den Kopf gegangen sei, sich am Grabe seiner Vorfahren das Leben zu nehmen. Er malt sich diese Szene aus, inszeniert seinen geplanten Selbstmord, zelebriert diesen Gedanken. Nimmt dann doch in letzter Sekunde Abstand davon. Er spielt mit seinem Tod und badet in den Leiden anderer. Täuscher ist ein Psychopath. Ein Manipulator mit degenerativer sozialer Minderwertigkeit. Es hat sich jedoch während der Untersuchung, trotz eingehender Tests, keinerlei Geistesstörung gezeigt. Der Angeklagte muss, wenn ihm die Tat nachgewiesen wird, verantwortlich gemacht werden. Er beging sie aus Eigennutz und Habgier. Täuscher ist ein Narziss durch und durch.«

Während der Gutachter spricht, zeigt Täuscher keine Regung.

Der nun in den Zeugenstand tretende Gerichtsmediziner geht auf die Tötung der beiden Opfer ein.

»Clara Ganslmeiers Tod wurde durch die tiefe Schnittverletzung am Hals verursacht. Der Täter muss sich über das Opfer gebeugt, es festgehalten und dann mit großer Wucht den Stich geführt haben. Vielleicht auch erst nach vorheriger Schlagbetäubung. Es muss einen Kampf zwischen dem Mörder und seinem Opfer gegeben haben. Die Wunden an der Hand der Tochter wiesen eindeutig darauf hin. Der Raubmord selbst ist mit großer Überlegung und viel Raffinement ausgeführt worden, daran besteht nicht der geringste Zweifel. Auch stimmt die Vorgehensweise der Tat mit dem Film, den die Angeklagten wenige Tage zuvor gesehen haben, bis ins kleinste Detail überein. Ich habe mich selbst davon überzeugt und mir das abscheuliche Machwerk im Lichtspielhaus angesehen. Der Mord ist eine Kopie der Geschehnisse auf der Leinwand und zeigt an, wie schädlich sich Filme dieser Art auf den Charakter unserer Jugend auswirken.

Das gleiche Muster gilt für den Tod der Mutter, auch hier diente der Film als Vorlage zur Tat, die Mutter erstickte. Der kranken siebenundsiebzigjährigen Frau Ganslmeier wurde ein Knebel bis tief in den Rachen gerammt, vermutlich mit einem eigens gebogenen Stück Holz oder Ähnlichem. Das entspricht dem Modus Procedendi im Film. Ein zweiter Knebel war im Mund. Der erste Knebel wurde mit großer Gewalt in die Tiefe gestoßen. Diese Vorgehensweise zeugt von großer Rohheit und noch größerem Raffinement. Vor allem aber führt sie eine unglaubliche Kaltblütigkeit vor Augen, eine Abgebrühtheit, die nach den Ausführungen meines Vorredners genau auf eine Persönlichkeit wie den Angeklagten hinweisen würde.«

Mit dem Vortrag des Gutachters wurde die Beweisaufnahme abgeschlossen, und Dr. Kammerer erklärte die Sitzung für beendet.

Freitag, 14. April 1922,
Landshut, Wohnhaus Täuscher,
Kriminaloberwachtmeister Johann Huther,
11.37 Uhr vormittags

»Ich kann es einfach nicht glauben, dass der Hubert so was getan hat.«

Johann Huther hatte es für richtiger gefunden, Maria Täuscher nicht auf das Präsidium einzubestellen, stattdessen suchte er sie lieber zu Hause auf. Klein und zerbrechlich sah sie aus, wie sie ihm hier auf dem Sofa gegenübersaß. Sie dauerte ihn, er hätte zu gerne ein paar tröstende Worte für sie finden mögen. Liebte nicht jede Mutter ihr Kind, gleichgültig welchen Verbrechens es sich schuldig gemacht hatte? Vielleicht liebte man die Missratenen sogar noch ein bisschen mehr, weil man spürte, dass sie Hilfe und Beistands dringender benötigen als die anderen, die wohlgeratenen Kinder.

»Wissen Sie, Herr Huther, ich wusste von der Verlobung meines Sohnes mit dem Fräulein Ganslmeier. Ich würde lügen, wenn ich mir für ihn nicht lieber ein jüngeres Mädel gewünscht hätte, das mehr zu seinem Alter passt. Aber bei seiner Konstitution, da ist es einfach besser, wenn er jemanden hat, der ihm Halt gibt. Die Thea, so gerne ich sie auch habe, sie könnte den Hubert nie auf einen guten Weg bringen. Sie ist jung, sie hat das Leben noch nicht kennengelernt. Liebe alleine genügt da nicht. Aber wie es ausschaut, habe ich mich da fürchterlich geirrt.«

»Was meinen Sie mit seiner Konstitution, gnädige Frau?«

Maria Täuscher räusperte sich, dabei hielt sie ihr Spitzentaschentuch vor den Mund, dann ließ sie die Arme kraftlos auf den Schoß fallen, die rechte Hand umschloss weiter das Taschentusch, mit der linken zupfte sie nervös an den aus der Faust herauslugenden Enden.

»Mein Mann und ich, wir waren schon lange verheiratet, ehe der Hubert auf die Welt kam. Ich bin damals von Arzt zu Arzt gelaufen. Wie er dann endlich da war, haben wir ihn verwöhnt, so gut es nur ging. Wir haben versucht, ihn von allem fernzuhalten, es ihm leicht zu machen im Leben.«

Sie schoppte das Tuch in den Ärmel ihrer Strickjacke und strich sich den Rock glatt.

»Vielleicht war es ein Fehler, aber wer weiß, welcher Weg immer der richtige ist. Hubert ist schon als Kind nicht einfach gewesen. Himmelhoch jauchzend und zu Tode betrübt. Seine Stimmungen wechselten wie das Wetter, schneller noch.«

Maria Täuscher saß kurz still da, dann sprach sie weiter.

»Als der Krieg begann, wollte er sich freiwillig melden. Wie die meisten seiner Klassenkameraden war er begeistert von der Idee, ins Feld zu ziehen. Nichts könne ihn davon abhalten, seine Pflicht dem Vaterland gegenüber zu erfüllen, sagte er damals. Als wäre der Krieg ein Spiel. Die ersten Jahre konnten wir es noch verhindern, da er zu jung war. Schließlich meldete er sich doch.«

Sie stand auf und ging zum Fenster. »Entschuldigen Sie,

ich kann einfach nicht ruhig sitzen bleiben. Ich bin viel zu durcheinander.«

»Kein Problem, Frau Täuscher, ich kann das verstehen. Ich höre ihnen zu.«

»Wie mein Sohn dann das erste Mal auf Heimaturlaub nach Hause kam, hat er sich den ganzen Tag nur in sein Zimmer eingesperrt. Es war schrecklich. Und als er dann wieder einrücken musste, war er am Boden zerstört. Er hatte gemerkt, dass es kein Spiel war. Und ich stand da, er reute mich, aber ich konnte ihm doch nicht helfen! Wir bekamen erst wieder Nachricht, als er ins Lazarett eingeliefert wurde. Er hatte sich auf dem Weg zurück zu seiner Einheit entfernt. Es wurde uns gesagt, dass er tagelang verschwunden war. Hubert muss ziellos umhergeirrt sein. Als er aufgefunden wurde, war er in einem völlig abgerissenen und verwahrlosten Zustand. Er konnte sich nicht daran erinnern, wo er war oder was er getan hatte. Auch nicht daran, wie viele Tage er schon umhergeirrt war. Alles war weg. Entschuldigen Sie, aber ich bin so durcheinander, ich habe Ihnen nicht einmal etwas angeboten. Eine Tasse Tee oder ein Glas Wasser?«

»Lassen Sie es gut sein, Frau Täuscher. Ich weiß, wie schwierig die Situation für Sie ist. Ich möchte Sie gar nicht lange aufhalten, erzählen Sie einfach weiter.«

Maria Täuscher ging einen Schritt auf Huther zu, dann blieb sie stehen. Im Gegenlicht war ihr Gesicht kaum zu erkennen, aber ihre Stimme verriet, wie viel Kraft es sie kostete, nicht zusammenzubrechen.

»Zur Untersuchung seines Geisteszustandes haben sie Hubert damals in ein Militärhospital eingewiesen, aber selbst die Ärzte dort konnten nichts feststellen.

Seit dem Vorfall hat er sich mehr und mehr verändert. Er verrennt sich in fixe Ideen. Einmal ist es die Malerei, dann wieder will er Opernsänger werden, jetzt ist es die Schauspielerei. Es ist immer das Gleiche, erst ist er davon begeistert, um dann alles von einem Tag auf den anderen umzuwerfen. Er gibt Geld aus, ohne sich Gedanken über den Sinn dieser Ausgaben zu machen. Deshalb haben mein Mann und ich beschlossen, ihm so wenig als möglich in die Hand zu geben. Seit einiger Zeit nun ist er besessen vom Kino.«

Maria Täuscher seufzte und fuhr fort. »Glauben Sie mir, ich kenne diese seine Phasen zur Genüge, ihnen folgt früher oder später der tiefe Fall. Dann verlässt er oft tagelang das Haus nicht, isst und trinkt nicht, sperrt sich nur in seinem Zimmer ein. Ich wusste oft nicht mehr, was ich machen sollte.«

»Darf ich fragen, ob Sie nach dem Krieg einen Arzt zu Rate gezogen haben?«

Frau Täuscher setzte sich wieder auf das Sofa.

»Ja, das haben wir. Wir waren mit ihm in München. Der Arzt meinte, Musik als Therapie wäre gut für ihn.

Deshalb war ich zu Beginn sehr froh über die Klavier- und Gesangstunden beim Fräulein Ganslmeier. Anfangs schien er auch wirklich ruhiger und ausgeglichener zu werden. Und als sich über die Monate daraus auch eine Beziehung zwischen den beiden entwickelte, war uns das trotz des Altersunterschieds nur recht. Ich habe Hoffnung geschöpft, Hubert könnte endlich seinen Weg finden.

Aber in den letzten Wochen schien sich sein Zustand wieder zu verschlechtern.«

»Was hat sich verändert? Warum hatten Sie den Eindruck?«

»Es ist schwer für mich, dies an einer bestimmten Sache festzumachen. Es war die Unruhe und Unstetigkeit in seinem Verhalten. Die nahm wieder zu. Mir war es, als würde er auf Abstand gehen, als würde er sich langsam verlieren. Als wir erfuhren, dass er sich mit dem Fräulein Thea an den Wochenenden in München trifft, glaubte ich, den Grund dafür gefunden zu haben. Verstehen Sie mich nicht falsch, Thea ist ein nettes Mädchen, ein sehr liebes. Jede andere Mutter wäre glücklich über den Umgang mit ihr, aber sie kennt Hubert nur von seiner guten Seite. Den Abgrund, in den er fällt, hält er vor ihr geheim. Wie er ihn auch lange Jahre vor uns versteckt hat. Wenn selbst das Aufstehen am Morgen zu Qual wird. Wenn er in Angst und Panik ist und niemand sehen kann, wovor. Wenn er sich in ein Gebäude voller Lügen und Illusionen verstrickt.«

»Thea Schwankl hat den Kollegen in München zu Protokoll gegeben, ihr Mann hätte die zwei dort überraschend aufgesucht?«

»Ja, das ist richtig. Mein Mann wollte die Verbindung für immer unterbinden, deshalb hat er sie abgepasst. Es ist nicht böser Wille, bitte glauben Sie mir, Herr Huther.«

»Ich glaube Ihnen.«

»Als Hubert mit seinem Vater nach Hause gekommen ist, war er nicht mehr ansprechbar, doch schon am nächsten Tag schien er sich wieder gefasst zu haben. Ich habe aufgeatmet.«

»Frau Täuscher, wie war es, als Sie ihn zuletzt hier im Haus gesehen haben? Ist Ihnen da irgendetwas aufgefallen?«

»Nein. Er ist am Morgen nicht heruntergekommen, angeblich hatte er Kopfschmerzen. Im Laufe des späten Vormittags hat er dann das Haus verlassen. Mir ist nichts an ihm aufgefallen, was anders gewesen wäre. Glauben Sie mir, ich hätte ihn sonst nicht gehen lassen.«

»Es ist mir unangenehm, Sie das zu fragen, aber ich muss es leider tun. Halten Sie es für möglich, dass ihr Sohn die Tat begangen hat?«

»Herr Huther, ich kann es Ihnen nicht sagen. Wenn er es getan hat, dann wusste er in diesem Augenblick nicht, was er tat, denn wäre er im vollen Besitz seiner geistigen Kräfte, wäre er nicht dazu in der Lage. Ich kenne ihn, er ist kein schlechter Mensch.«

»Sie sprachen von der Angst ihres Sohnes, können Sie mir diesen Zustand näher beschreiben?«

»Er hatte diese Anfälle von Zeit zu Zeit. Ich bin bisher nicht dahintergekommen, wodurch sie ausgelöst werden. Er ist dann völlig neben sich, zu keinem klaren Gedanken mehr fähig. Es dauert Stunden, manchmal Tage, bis er sich wieder beruhigt hat. Er spricht dann oft wirr, fühlt sich verfolgt oder bedroht. Der Arzt hat keine Erklärung dafür, und ich selbst weiß nicht, ob die Furcht berechtigt oder nur eingebildet ist. Aber für Hubert selbst scheint sie wahr zu sein.«

»Könnte es sein, dass noch jemand in den Fall verwickelt ist und Hubert vor dieser Person Angst hat?«

Maria Täuscher schüttelte den Kopf. »Ich weiß es nicht, ich kann es Ihnen nicht sagen.«

»Ist Ihnen noch etwas aufgefallen, auch wenn es nur eine Kleinigkeit ist? Selbst wenn es den Anschein hat, nichts mit der Sache zu tun zu haben?«

»Es tut mir leid, aber mir kommt da nichts in den Sinn.«

»Lassen Sie sich Zeit, Frau Täuscher, denken Sie noch einmal in Ruhe nach.«

»Solange der Hubert noch hier war, ist mir wirklich nichts aufgefallen. Seltsam war nur …«

»Was war seltsam, Frau Täuscher?«

»Der Mann, es war ein Mann hier. Er hat meine Tochter Erika ausgefragt.«

»Wissen Sie, was er von ihr wollte und wann es war?«

»Aus der Erika war nicht viel herauszukriegen, nur, dass der Mann alles über den Hubert wissen wollte. Angeblich wäre er mit ihm zur Schule gegangen. Aber ich kann mir das nicht vorstellen, ich kenne seine Mitschüler.«

»Was wissen Sie noch darüber, wie sah der Mann aus?«

»Ich habe ihn nur kurz gesehen. Er hat der Erika eine Tüte Bonbons geschenkt … warten Sie, und sie hat gesagt, er hätte seltsame Schuhe angehabt. Mehr weiß ich wirklich nicht.«

Als Johann Huther wenig später wieder im Präsidium war, wurde er vor seinem Büro von seinem Kollegen Wurzer aufgehalten.

»Herr Huther, gut, dass ich Sie sehe. Der Dr. Fersch war gerade höchstpersönlich da und hat sich alle Unterlagen zum Fall Ganslmeier geben lassen. Ich habe ihm gesagt, Sie sind gerade noch bei der Frau Täuscher. Ich soll Ihnen ausrichten, er möchte das Protokoll so schnell als möglich.«

»Warum so eilig?« Johann Huther öffnete die Tür, zog seinen Mantel aus und hängte ihn an die Garderobe. Dann zog er die Ärmel seines Jackett zurecht.

Wurzer folgte ihm. »Ich glaube, jetzt haben sie ihn?«

»Wen haben s'? Den großen Unbekannten, den Geliebten der Ganslmeier?«

»Na, den Täuscher!«

»Hat er gestanden?«

»Das nicht, aber der Dr. Fersch erhebt Anklage, und es geht vors Volksgericht.«

»Warum vors Volksgericht?« Johann Huther ging hinüber zu seinem Schreibtisch. Josef Wurzer ging mit ihm. »Na, wegen der besonderen Schwere und Abscheulichkeit der Tat.«

»Ja, aber die können doch nicht vors Volksgericht damit gehen. Der Fall ist doch noch gar nicht abgeschlossen! Haben Sie das dem Dr. Fersch nicht gesagt? Wir sind doch noch mittendrin in der Untersuchung.«

»Ich weiß auch nicht mehr und kann nur das wiedergeben, was mir von oben angeordnet wurde.«

»Wurzer, haben Sie nicht erwähnt, dass wir noch nicht einmal alle Unterlagen und Untersuchungsergebnisse beieinanderhaben? Wir können die Arbeit jetzt nicht einfach unterbrechen, da hat der Junge doch keine Chance mehr. Und einige Indizien gibt es noch, die wir verfolgen müssen. Haben Sie das nicht gesagt?«

»Hab ich, aber der Dr. Fersch hat bloß abgewunken und gemeint, was er hat, reicht ihm für die Anklage. Es bestünde ein öffentliches Interesse, die Sache so schnell als möglich vor Gericht zu bringen.«

»Ein öffentliches Interesse! Herrschaftszeiten noch einmal!« Johann Huther schlug mit der flachen Hand auf den Schreibtisch. »Ein Interesse vom Dr. Fersch, noch einen Sprung auf der Karriereleiter zu machen! Wir haben doch überlegt, eine daktylographische Untersuchung zu erwirken? Wir wollten doch Fingerabdrücke in der Wohnung nehmen!«

»Auch das hat er abgelehnt. Die Antwort war: ›Was wollen Sie denn mit dem neumodischen Humbug, so was hat vor Gericht sowieso kein Gewicht.‹ Wir wissen doch, wie der Dr. Fersch ist. Seinen politischen Ambitionen kommt so ein schneller Prozess und noch dazu vor einem Volksgericht gerade recht.«

»Und die Suche nach dem unbekannten Geliebten der Ganslmeier? Sollen wir das jetzt alles stehen und liegen lassen?«

»Da wird uns nichts anderes übrigbleiben, Herr Kollege. Es sei denn, es passiert ein Wunder, und der Herr steht morgen vor unserer Tür und will von sich aus eine Aussage machen, was ich bezweifle.«

»Dann haben sie ihn wirklich«, sagte Johann Huther zu sich selbst.

»Ja, sie haben ihn wirklich. Die ganze Stadt ist in heller Aufregung. Es müsste schon mit dem Teufel zugehen, wenn nicht mindestens zwei der drei Schöffen auf schuldig plädieren und von den zwei Richtern nicht einer der gleichen Meinung ist. Ich würde sagen, den Hubert Täuscher haben sie im Sack.«

Josef Wurzer rieb sich die Hände. »Jetzt geht's eigentlich nur noch darum, wie sich sein Kompagnon aus der Schlinge zieht.«

Donnerstag, 13. Juli 1922, Volksgericht Landshut, vierter Verhandlungstag, 10 Uhr morgens

Gleich nach Eröffnung der Sitzung beginnt Dr. Fersch, der Staatsanwalt, mit seinem Plädoyer: »Eine Schandtat, begangen am helllichten Tag mitten in unserer Stadt, an zwei wehrlosen Frauen. Unfassbar hält sie uns noch immer in Atem, können wir noch immer nicht begreifen, was da in unserer Mitte geschah. Nicht nur wir Bürger Landshuts sind angewidert von dieser Tat, auch weit über die Grenzen unserer Heimat hinaus sind die Menschen ergriffen, fassungslos und verstört von diesem Vergehen. In den letzten Tagen sind sie hierher zu uns geeilt, um zu sehen, wie derjenige, der diese scheußliche Tat verübt haben, zur Rechenschaft gezogen wird und so der Gerechtigkeit zumindest zu einem kleinen Stück Genüge getan wird. Es ist wohl als gesichert anzunehmen, dass zuerst Clara Ganslmeier, danach ihre alte, beinahe achtzigjährige Mutter dem Mordgesellen zum Opfer fiel. Soweit wir heute sagen können, musste Letztere nur sterben, weil sie den Täter sah und gegen ihn hätte aussagen können. Der Angeklagte Täuscher beteuert bis heute seine Unschuld, bestreitet die

Tat. Und doch: Mag er sich noch so winden, die Fakten und Zeugen sprechen gegen ihn. Immer wieder hat er uns hingehalten, hat Erklärungen versprochen. Er wollte so viel sagen und sagte doch nichts, grub sich vielmehr bei jedem Verhör sein eigenes Grab tiefer. Das wenige, was er vorbrachte, war unverständlich und widersprach sich selbst. Für seine Unschuld konnte er so nichts erbringen. Selbst wenn man ihm glauben möchte, seine Verlobte hätte ihm all diese Schmucksachen zugesteckt, hätte die Dinge, an denen sie doch so hing, die ihr ›das Liebste waren‹, geschenkt, so hätte sie ihm doch nie ihr unentbehrliches Stiel-Lorgnon geben können, ohne das Augenglas war sie hilflos.

Auch konnte es sich nur um einen mit den Verhältnissen der Familie Ganslmeier vertrauten Täter handeln, nur so konnte dieser derart schnell und umfassend zu Werke gehen, rauben, was nur er wusste. Die Familie Ganslmeier lebte zurückgezogen, keiner wusste, wo die Wertgegenstände verwahrt wurden, aber durchwühlt wurden nur die Zimmer, in denen etwas zu finden war, alle anderen Räume blieben unangetastet. Ein Fremder hätte die ganze Wohnung durchsucht, jedoch wäre ein Unbekannter von Clara Ganslmeier eingelassen worden? Und der Täter muss hereingelassen worden sein, es fanden sich nirgends Spuren eines gewaltsamen Eindringens in die Wohnung! Clara Ganslmeier, das spätere Opfer selbst, muss dem Mörder die Tür geöffnet haben! Ihre Mutter war viel zu schwach dafür, und dennoch blieb auch sie nicht verschont. Sie muss den Täter erkannt haben. Welchen Grund hätte dieser sonst gehabt, die wehrlose alte Frau zu töten, wenn nicht den, fürchten zu müssen, erkannt zu werden? Und der, den sie mit Sicherheit kannte, der Verlobte ihrer Tochter Clara, der sitzt heute hier auf der Anklagebank.«

Dr. Fersch deutet auf Hubert Täuscher. Ein Raunen im Saal, dann fährt der Staatsanwalt fort:

»Aufgrund der zahlreichen Zeugenaussagen steht fest, dass Täuscher am Donnerstag, dem 30. März, in der Wohnung der ermordeten Ganslmeier war. Über sechzig Zeugen waren geladen, mehr als je zuvor an diesem Gericht. Dutzende davon haben bestätigt, dass er Luck Schinder kurz nach der Tat getroffen hat. Der Angeklagte kann dies nicht in Abrede stellen, und es ist auch einer der wenigen Punkte, die er hier nicht bestritten hat. Ich sage Ihnen, Hohes Gericht, daran müssen wir uns halten.

Nicht nur, dass ihn Clara Ganslmeier arglos jederzeit hereingebeten hätte, nein, er gehörte auch zu jenem kleinen Kreis, der um den wertvollen Schmuck der Ermordeten wusste. Er kannte sich wie kaum ein anderer in der Wohnung aus, war er als Verlobter doch Vertrauter und häufig und gern gesehener Gast.

Auf ihn alleine verweisen alle Spuren, er ist der Schlüssel zu diesem Verbrechen. Mit süßen Worten der Liebe auf den Lippen stieß er der Ahnungslosen das Mordinstrument in den Hals. Maßlose Genusssucht, die Befriedigung niederer Leidenschaften waren die Triebfedern, die den Angeklagten zu diesem Verbrechen antrieben. Wenn er auch noch so sehr die Liebe schwor, ist bei der Charakterlosigkeit des Angeklagten nicht anzunehmen, dass dieser ihr je die Treue gehalten hätte. Für Hubert Täuscher gab und gibt es nur einen Einzigen, den er bedingungslos liebt, zu dem er hält, und das ist er selbst! Er ist ein Narziss! Aber auch für einen wie ihn kam der Augenblick, die Stunde, in der sich sein

Gewissen regte und die Schuld sich wie eine Zentnerlast auf sein Herz legte, im Traume sah er sich verfolgt von den schwarzen Geistern, die er zuvor gerufen hatte. Als er sich mit seiner heimlichen Geliebten, einem aufrichtigen und ehrlichen Mädchen, keine zwei Tage nach der Tat die Bettstatt teilte, schrie er laut auf, und die innere Unruhe verließ ihn nicht. Doch es ist nicht das Schicksal seiner Opfer, das ihm so zu Herzen geht! Nein, es ist die Angst, für diese Tat geradestehen zu müssen, die ihn in Panik versetzt. Ein verlogener, wurmstichiger Mensch, tief in den Sumpf geraten ist der Angeklagte, und doch wollte er noch glänzend den Saal verlassen. Täuscher hat sich selbst weiter in die eigene Tasche gelogen, als doch alles längst verloren war. Vorsätzlich und mit voller Überlegung ist der Mord begangen worden, mit Rohheit und Brutalität, wie sie ihresgleichen sucht. Als Staatsanwalt erfülle ich eine Forderung der Gerechtigkeit und einen Dienst an der Allgemeinheit, wenn ich beantrage, Hubert Täuscher des Raubmordes in beiden Fällen schuldig zu sprechen.«

Über den Mitangeklagten Schinder sagt Dr. Fersch: »Ihm ist leider eine Beteiligung nicht nachzuweisen, wenn auch der Verdacht besteht, dass er in die Tat doch weit mehr verwickelt ist als im Augenblick ersichtlich. Er hat sich mit Täuscher nach der Tat getroffen, das wurde hier vor Gericht bewiesen und auch von den Angeklagten nie in Abrede gestellt, aber alles andere ist Spekulation. Uns fehlen die Beweise. Was wir ihm jedoch nachweisen können, ist der Tatbestand der Hehlerei. Er hat sich so am Verbrechen des Raubes beteiligt und sich schuldig gemacht. Ich fordere deshalb eine Gefängnisstrafe nicht unter vier Jahren.«

Nachdem sich der Staatsanwalt wieder gesetzt hat, folgen die Plädoyers der Verteidigung. Für den Hauptangeklagten ergreift Justizrat Dr. Klar als Erster das Wort: »Ich möchte nicht in Abrede stellen, dass der Angeklagte in den Sumpf der sittlichen Verwahrlosung getreten ist. Hubert Täuscher ist zweifellos ein Posseur, ein merkwürdiger Mensch, durch schlimme Gesellschaft haltlos geworden. Doch ist er darum ein Mörder? Er hat mit Sicherheit den Bezug zur Realität verloren. Er kann die Gegenwart, das Jetzt und Heute, nicht mehr von den Produkten seiner Phantasie unterscheiden. Kann er so für eine Tat verantwortlich gemacht werden? Er sagt, er sei ein Anhänger des Films und der bewegten Bilder. Aber was richten diese Bilder in den Köpfen an? Welche Saat wächst aus diesem Samen, wenn er auf den falschen Boden fällt? Das Kino ist ganz gefährlich für unsere Jugend, es spiegelt ihr eine Wirklichkeit vor, die es so nicht gibt. Ein Dasein in Luxus und Müßiggang, ohne Plackerei und Arbeit. Die Menschen glauben, was sie sehen, können die Inszenierung nicht mehr vom alltäglichen Leben unterscheiden. Sie halten die Scheinwelt des Films für die Realität, in der wir leben. Der Film ist ein Blender, und die Berliner Regierung sieht tatenlos zu. Ich sage Ihnen hier, es ist höchste Zeit, einmal ein Gesetz gegen das Kino und zum Schutz unserer Kinder zu erlassen. Ich widerspreche dem Gutachter aufs Energischste, nach meiner Erfahrung mit dem Angeklagten ist bei diesem, aller Wahrscheinlichkeit nach verursacht von der exzessiven Beeinflussung durch den Film, die Großhirnrinde nicht in Ordnung. Unser Gehirn ist nicht dazu gemacht, Szenen in solch rascher Folge zu verarbeiten, es wird krank. Hierzu gab es in letzter Zeit genügend Studien.

Und der Angeklagte bot uns mit seinem Verhalten während der polizeilichen Untersuchung und auch hier vor Gericht des Öfteren ein augenscheinliches Beispiel dafür. Hubert Täuscher ist in einer Scheinwelt gefangen, für ihn ist alles ein Spiel! Er glaubt, er würde wie in einem Film agieren, posieren. Er ist ein bedauerlicher Mensch, denn er hat den Bezug zum wirklichen Leben verloren. Auch dann, wenn er diese abscheuliche Tat begangen haben sollte, was ich bei weitem nicht für erwiesen halte. Zu viele Fragen wurden hier vor Gericht nicht gestellt, zu viele Spuren bei der Untersuchung im Vorfeld der Gerichtsverhandlung nicht weiterverfolgt. Was ist mit dem mysteriösen unbekannten Geliebten der Clara Ganslmeier? Bis zum heutigen Tag wissen wir nicht, ob es sich dabei um eine Person aus Fleisch und Blut oder doch nur um ein Gerücht handelt.

Ich frage Sie, können wir es mit unserem Gewissen vereinbaren, einen Menschen, der in sich selbst gefangen, nicht im vollen Besitz seiner geistigen Kräfte ist, für eine solche Tat verantwortlich zu machen? Braucht dieser Mensch nicht vielmehr unsere Hilfe? Er ist außerstande, die Tragweite seines Handelns und deren Unumkehrbarkeit zu erkennen. Er kann sich der Tat nicht stellen und zu ihren Folgen stehen, viel zu weit ist er schon in seine Scheinwelt entrückt. Das Ausmaß seiner geistigen Verwirrung hat er uns während dieser Verhandlung mehr als einmal mit sinnlosen und aberwitzigen Aktionen vor Augen geführt.

Ich widerspreche auch dem Staatsanwalt – ein Mord setzt nach dem Gesetz den Vorsatz voraus und einen niedrigen Beweggrund. Der Vorsatz beinhaltet, dass ich in der

Lage bin, mein Handeln selbst zu steuern und Recht von Unrecht zu unterscheiden. Beides liegt meiner Meinung nach hier nicht vor. Der Angeklagte ist verwirrt, irregeleitet und krank. Ich würde mir wünschen, dass er eine angemessene ärztliche Betreuung erhält, und beantrage deshalb, beim Strafmaß nur auf Totschlag zu erkennen.«

Im Anschluss daran setzt sich der Verteidiger Schinders nicht weniger lebhaft für seinen Klienten ein. Dieser könne nicht als Mittäter, höchstens als Mitwisser in Betracht kommen, und er plädiere auf Personenhehlerei unter Zubilligung mildernder Umstände.

Das Schlusswort hat der Angeklagte. Täuscher erhebt sich leichenblass von seinem Platz. Mit gebrochener Stimme sagt er: »Ich war es nicht. Ich bin unschuldig. Ich habe Clara nichts getan. Clara war noch am Leben, als ich sie verließ. Ich will keine Barmherzigkeit, ich will …«

In diesem Augenblick fällt laut krachend ein Stuhl um. Der elegant gekleidete Herr, dem Schinder schon des Öfteren während der Verhandlung zugewunken hat, entschuldigt sich umständlich. Hubert Täuscher starrt ihn an, als wäre er dem leibhaftigen Teufel begegnet. Er ruft laut, fast panisch: »Sie hat gelebt! Clara hat gelebt! Ich habe keinen Mord begangen, ich bin unschuldig!«

Dann bricht er ohnmächtig zusammen.

Nachdem Täuscher von den Sanitätern hinausgebracht wurde, zieht sich das Gericht zurück. Thea Schwankl bleibt weinend auf ihrem Platz sitzen.

»Kommen S', Fräulein, Sie können hier nicht sitzen bleiben. Das Gericht verkündet das Urteil um fünf Uhr, und bis dahin müssen S' draußen warten.«

»Werden Sie ihn zum Tode verurteilen?«

»Ich bin nur der Saaldiener, nicht der Richter, ich kann es Ihnen nicht sagen. Wissen S', Fräulein, Gerechtigkeit wird hier in diesen Räumen meistens nicht geschaffen. Alle, die hier sitzen, haben schon verloren, auf die eine oder andere Art. Den Frieden muss ein jeder dann mit sich selbst finden. Kommen S', ich helfe Ihnen.«

Der Saaldiener hilft Thea beim Aufstehen und führt sie hinaus zu den anderen.

Um kurz nach fünf verkündet der Vorsitzende unter Anwesenheit einer großen Zuhörermenge das Urteil:

»Der Hauptangeklagte Hubert Täuscher ist schuldig zweier Verbrechen des Mordes in Tateinheit mit einem Verbrechen des schweren Raubes. Der Angeklagte Luck Schinder ist schuldig eines Verbrechens der Personenhehlerei in Tateinheit mit einem Vergehen der Sachhehlerei. Das Strafmaß lautet deshalb wie folgt:

Bei Täuscher, wegen jedes der beiden Verbrechen, zur Todesstrafe, unter Aberkennung der bürgerlichen Ehrenrechte auf Lebensdauer.

Bei Schinder zu einer Strafe von vier Jahren und fünf Tagen Zuchthaus sowie Aberkennung der bürgerlichen Ehrenrechte auf fünf Jahre.«

Nachdem die Kammer die Begründung des Urteils verlesen hat, wird Täuscher abgeführt. Schinder lächelt. Zum letzten Mal werden sie draußen von einer großen Menschenmenge erwartet.

Donnerstag, 13. Juli,
Volksgericht Landshut,
Bürstenfabrikantensohn Hubert Täuscher,
6.54 Uhr abends

Thea starrte Hubert fassungslos an, als er an ihr vorübergeführt wurde. Für kurze Zeit stand er direkt vor ihr, ihm erschien es wie eine Ewigkeit. Die Gewissheit, dass auch Thea ihn für schuldig hielt, traf ihn wie ein Schlag. Und mit dieser Einsicht löste sich die Starre in ihm, und er fing an, wild um sich zu schlagen. Je heftiger er wurde, umso fester hielten ihn die Aufseher, bis er schließlich schrie, so laut, dass seine Stimme sich dabei überschlug: »Ich bin frei von aller Schuld, unschuldig am Mord und am Raub!«

Die Vollzugsbeamten packten ihn, zogen ihn weiter vorbei an der Meute der Zuschauer, einer Mauer aus Hass, mit weit aufgerissenen Mündern, johlend und geifernd Schmähungen ausstoßend. Er ließ sich fortziehen, mal lauter, mal leiser die Worte »unschuldig«, »frei von aller Schuld« vor sich hin brabbelnd. Sie führten ihn durch das Gebäude, dunkle Flure entlang, bis sie ihn endlich in seine Zelle brachten. In deren Mitte blieb er stehen, leer. Abgestellt wie eine Marionette ohne Puppenspieler, nicht fähig, sich zu setzen, nicht fähig, irgendetwas zu tun. Hubert erkannte erst, wo er war, als einer der Beamten ihn fragte, ob er mit einem Geistlichen sprechen wolle.

»Machen S' reinen Tisch, Herr Täuscher. Erleichtern S' Ihr Gewissen. Glauben Sie mir, es tut gut, nach einem solchen Urteil mit einem Priester zu sprechen, es hilft, das Urteil besser anzunehmen und sich mit der Situation abzufinden. Sie brauchen es nur sagen, und wir schicken nach dem Gefängnisgeistlichen.«

»Ich will keinen von den Pfaffen. Ich will meinen Anwalt, den Dr. Klar«, kam es stockend aus ihm heraus. »Ich hab nichts gemacht, ich bin unschuldig.«

»Das sagen sie alle, Herr Täuscher, aber ich will sehen, was ich machen kann. Wollen S' nicht lieber mit dem Herrn Kaplan sprechen?«

»Ich hab nichts zu beichten, ich bin unschuldig. Verstehen Sie mich nicht? Das ist alles ein Irrtum!«

»Ich versteh Sie schon, aber jetzt beruhigen S' sich erst mal, und ich werd schaun, was ich machen kann.«

Damit ließ der Beamte Hubert stehen und versperrte die Zelle.

»Ich bin frei von aller Schuld, unschuldig am Mord und am Raub. Sie hat noch gelebt, als ich sie zuletzt gesehen habe – das habe ich doch gesagt!« Dr. Klar hatte die Zelle kaum betreten, seinem Mandanten die Hand noch nicht zur Begrüßung geschüttelt, da schleuderte Hubert ihm diesen Satz bereits entgegen.

»Darum wollen Sie mit mir sprechen? Um mir das zu sagen? Sie haben Ihre Unschuld immer wieder beteuert, aber keine Beweise erbringen können, keine Auskunft über den wahren Täter geben können. Wer soll es denn gewesen sein?«

»Sie verstehen mich nicht. Ich hatte Angst, Angst um mein Leben. Ich konnte da drin nicht mehr sagen.«

»Und das soll ich Ihnen glauben? Wieso sagen Sie mir das erst jetzt – ich bin Ihr Anwalt, Herr Täuscher. Wovor hatten Sie denn Angst? Jetzt nach dem Urteil müssen Sie doch mehr Angst um Ihr Leben haben als zuvor.«

»Ich habe nicht sprechen können, der Saal war voller Menschen. Warum wollen Sie das nicht verstehen? Ich habe bis zuletzt gehofft, dass …«

»… dass was?«

»Dass ich freigesprochen werde.«

»Da haben Sie sich geirrt. Herr Täuscher, es ist ein Urteil vor einem Volksgericht. Verstehen Sie mich? Da gibt es keine Revision. Das habe ich Ihnen wieder und wieder gesagt – aber Sie wollten mit mir nicht reden, mir nichts sagen, außer dass Sie unschuldig sind. Die einzige Chance, die ich jetzt noch sehe, ist, dass wir mit dem Staatsanwalt reden, ehe das Urteil rechtskräftig wird. Es ist Eile geboten – wenn Sie mir jetzt nicht irgendetwas Handfestes sagen, brauche ich mich gar nicht um ein Gespräch mit dem Staatsanwalt oder dem Richter zu bemühen, also erzählen Sie, erzählen Sie endlich alles, was Sie wissen!«

»Ich hab die Wohnung verlassen, da hat die Clara noch gelebt. Dann ist der Luck hoch. Der Schinder hat immer zu Protokoll gegeben, er hat den Schmuck von mir, aber das stimmt nicht. Woher hätte ich all die Sachen haben sollen? Die Schmucksachen und das Geld, das hat alles er mitgenommen. Und ich weiß, wo er sie vergraben hat, die Sachen, die man nicht gefunden hat.«

»Ich glaube nicht, dass uns das was bringt, und beweisen tut es auch nichts. Es entlastet Sie doch nicht, wenn Sie wissen, wo der Schmuck ist. Da müssen Sie schon ein bisserl präziser werden, aber reden Sie weiter.«

»Der Luck war oben in der Wohnung. Ich habe unten in der Steckengasse auf ihn gewartet. In einen Hauseingang hab ich mich gezwängt. Ich wollte nicht gesehen werden. Ich hab gewartet und gewartet, bin immer wieder vor zur Neustadt, ob ich den Schinder aus dem Haus kommen sehe. Nach einer Ewigkeit ist er endlich heruntergekommen. Zuerst hat er die Tür nur einen Spalt geöffnet, nur so weit, dass er herauslugen konnte. Ein Passant ist die Straße entlang am Haus vorbei. Der hat mich angerempelt, der muss es bezeugen können. Wie der weg war, hat der Luck die Haustür aufgemacht und ist zu mir herüber. Er hat mich gepackt und mich weiter die Steckengasse hinaufgezogen.«

»Wie sah denn der Passant aus? Haben Sie ihn erkannt? Und um wie viel Uhr war das?«

»Ich weiß nicht, wer das war – ist das jetzt so wichtig? Ich hab dann den Luck gefragt, ob er den Schmuck hat und was mit der Clara ist. Der hat sich den Finger vor den Mund gehalten zum Zeichen, dass ich still sein soll. ›Nichts ist mit der Clara, was soll schon sein mit ihr? Sie war guter Dinge, wie ich gegangen bin.‹ Dann hat er gegrinst.

Wie ich ihn gefragt hab, wohin er so schnell rennt, hat er mich angefahren: ›Zum Bahnhof, hier kannst jetzt nicht stehen bleiben, sei kein Patsch, sonst erwischen die uns noch.‹ Am Arm hat er mich gepackt und weggezogen. Zum Bahnhof nach Ergolding hat er gewollt, schnell weg, nach München. Und dass mit der Clara nichts ist, hat er immer wieder gesagt.«

»Herr Täuscher, das ist ja alles schön und gut, aber da

steht Aussage gegen Aussage. Da brauche ich nicht einmal zum Dr. Fersch hingehen, der hört mich gar nicht an.«

»Auf dem Weg nach München hat mir der Luck die Blutflecke in der linken Tasche seines Überziehers gezeigt. Er hat das Innenfutter herausgezogen und dazu gesagt: ›Die muss ich auch noch herauswaschen.‹ Ich hab ihn gefragt: ›Was ist passiert? Was hast gemacht? Ist doch was mit der Clara?‹

›Nichts ist mit ihr, was soll schon sein? Da hab ich mich halt gerissen. Aber du hörst mir jetzt gut zu.‹ Der Schinder ist ganz nah an mich heran und hat mich am Kragen gepackt. ›Du weißt von nichts, und du hast nichts gesehen. Glaub mir, es ist besser für dich. Auf mich kommt keiner, ich kenn die Ganslmeier nicht, und niemand weiß, dass ich in der Wohnung war und den Schmuck hab, es bleibt alles an dir hängen, dafür werd ich schon sorgen, wenn du dein Maul aufmachst. Also halt deine Goschn.‹

Auch wenn die Wunden längst verheilt sind, die Blutflecke müssen noch in der Tasche zu finden sein. Das müssen Sie doch untersuchen lassen können. Wenigstens das.«

»Ist das alles, oder wollen Sie mir nicht noch mehr erzählen?«

Hubert Täuscher nickte, vermied es jedoch, den Anwalt anzusehen.

»Sie haben doch Angst. Ich sehe es Ihnen an. Herr Täuscher, vor wem und vor was haben Sie Angst? Das ist Ihre letzte Chance – wenn überhaupt.«

»Der Schinder, der bringt mich um, der fackelt da nicht lang.«

»Das ist doch Unsinn, wie will er Ihnen was antun? Und

noch dazu hier herinnen. Ich glaube, da sehen Sie Gespenster.«

»Der Luck hat überall seine Kontakte. Er und seine Kumpane, die lassen mich nicht am Leben, wenn ich den Mund aufmach.«

»Das ist ein alter Ganoventrick. Sehen Sie nicht, dass der Sie nur einschüchtern will? Ich verspreche Ihnen, da ist nichts dahinter. Da mach ich mir ganz andere Sorgen. Ich will ehrlich zu Ihnen sein, Herr Täuscher. Ich weiß nicht, ob uns reicht, was Sie mir gesagt haben, aber ich will es versuchen, schon wegen Ihrer Frau Mutter. Haben Sie mir alles gesagt, wissen Sie noch mehr? Den Namen der Freunde, der Hintermänner vom Schinder? Wollen Sie mir nicht noch ein bisserl mehr sagen?«

Hubert Täuscher schüttelte den Kopf.

»Na, dann werde ich es versuchen. Viel ist es nicht, die blutige Jacke, die wir erst mal finden müssen, und ein Passant, den Sie nicht erkannt haben oder beschreiben können. Beten S' zu Gott, dass uns der Staatsanwalt anhört.«

Dr. Klar schüttelte Hubert zum Abschied die Hand.

»Sie sind hier sicher, lassen Sie sich nicht verrückt machen. Wie gesagt, die Sache mit dem Volksgerichtsurteil ist viel schwieriger vom Tisch zu bekommen. Ich muss was in der Hand haben, sonst bleibt mir nur, auf Gnade zu hoffen. So schaut es aus.«

Landshuter Zeitung
Lokales: Doppelraubmord

Landshut, 15. Juli 1922

Zum Doppelmord Ganslmeier. Gestern, am Tag nach der Hauptverhandlung, machte der Verurteilte Täuscher dem Herrn Ersten Staatsanwalt Dr. Fersch in einem mehrstündigen Verhör vollständig neue Angaben über die Ausführung der Ermordung der beiden Frauen und des Raubes der Schmucksachen. In Anwesenheit seines Anwalts Dr. Klar berichtete er, der vorher lediglich seine Unschuld beteuert hatte, in allen Einzelheiten vom Tathergang. Er selbst will lediglich an dem Raub, nicht aber an der Ermordung beteiligt gewesen sein. Desgleichen gab er auch das angebliche Versteck derjenigen geraubten Schmucksachen an, die bisher noch nicht beigebracht werden konnten. Diese neuen Behauptungen machen umfangreiche weitere Erhebungen notwendig, die bereits eingeleitet sind. Auch um zu klären, ob noch andere Personen an der Tat beteiligt waren. Am heutigen Tag geht die Befragung Täuschers weiter. Es ist Eile geboten, da mit Zustellung der schriftlichen Begründung des Urteils dieses rechtskräftig wird. – In der Mordsache ersucht die Staatsanwaltschaft darum um Veröffentlichung folgender Aufforderung: Wer hat am Donnerstag, dem 30. März 22, gegen ½ 6 Uhr abends Hubert Täuscher wartend in der Steckengasse gesehen? Sind eventuellen Zeugen auch andere Personen, die sich zu diesem Zeitpunkt dort aufhielten, aufgefallen? Alle Personen, die dazu Angaben machen können, werden dringend gebeten, sich bei der Staatsanwaltschaft zu melden.

Samstag, 15. Juli 1922, Untersuchungsgefängnis Landshut, Bürstenfabrikantensohn Hubert Täuscher, 8.30 Uhr morgens

Dr. Fersch saß an seinem Platz hinter dem Schreibtisch im Vernehmungsraum. Unbewegt, abwartend. Hubert konnte sein Gegenüber nicht einschätzen. Glaubte der Staatsanwalt ihm oder nicht, hielt er zuletzt alles nur für eine erneute Ausrede, für erneutes Taktieren? Dr. Fersch saß da, vor sich die Akten der Untersuchung. Er hörte zu, ohne Notizen zu machen. Schließlich rückte er sein Sakko zurecht, verschränkte die Arme vor der Brust, ehe er zu sprechen begann: »Mein lieber Herr Täuscher, Sie haben uns ja schon sehr viel erzählt, aber lassen wir das. Wenn ich Ihnen überhaupt noch helfen kann, dann dürfen Sie jetzt nichts mehr auslassen, und es bringt auch nichts, Dinge zu beschönigen. Jede Lüge ist für Sie von Nachteil. Wir würden es bemerken, das können Sie mir ruhig glauben.«

»Ich schwöre bei meinem Leben und allem, was mir heilig ist, ich werde nichts auslassen und nichts verändern.«

»Mir müssen S' nichts schwören, ich bin nicht der liebe Gott oder der Richter. Mir genügt die Wahrheit. Was war genau los am 30. März.? Ich will alles wissen.«

»Zuerst war ich in der Neustadt bei der Clara, ich bin aber nur kurz geblieben, weil der Uhrmacher, der Mühlbauer, auch da war. Von der Neustadt bin ich hinüber ins Central. Dort habe ich mich, wie zuvor ausgemacht, mit dem Schinder getroffen. Ich hab ihm gesagt, wo er die Schmucksachen finden kann, nämlich im Sekretär im Zimmer der alten Ganslmeier.

Das sei gut, sehr gut, hat er gesagt, denn alte Leute hören fast nichts mehr, da könne er ins Zimmer rein. Und da er nun wisse, wo was zu finden sei, und nicht mehr lang suchen müsste, wäre es ein Kinderspiel, ›ein Spaziergang‹, sagte er zu mir. Nur eines müsste ich noch herausfinden: wann die Alte schläft.

Dass das kein Problem wäre, habe ich ihm gesagt, die Mutter der Clara schläft fast immer, wenn ich da bin. Ehe ich zu Besuch komme, gibt die Clara der Mutter meist einen Tee oder ein Glas Wasser mit Baldrian, damit sie müde wird. Ich wäre zwischen halb fünf und fünf wieder zu ihr bestellt, denn um sechs müsse die Clara außer Haus.

Das passe auch, meinte er und dass wir es so machen sollten wie am Anfang geplant. Er bräuchte nur eine halbe Stunde Zeit, und ich solle die Clara beschäftigen und dass das doch nicht so schwer sein könne. Er kenne sich in der Wohnung noch vom letzten Mal aus. Ich bräuchte mir die Finger nicht schmutzig machen, er würde alles erledigen.

Wie wir auf der Gasse draußen gestanden sind, hat mir der Schinder erzählt, wie er die Sachen hinterher versilbern will, dass er einen an der Hand hätte, der ihm einen guten Preis dafür gibt. Ich solle mich raushalten und um nichts kümmern. Er hätte das schon geregelt. Wenn alles so ablaufen würde, wie er es sich dächte, dann könnte er seine

Schulden abbezahlen und wäre mit einem Schlag aus dem Schneider.

Beim Rausgehen hab ich auf die Uhr geschaut, die gleich über der Kasse hing. Es war Viertel nach vier. Wir sind hinüber in den Hofgarten bis kurz vor fünf. Dort ist uns auch die Frau Günzinger begegnet, die hat das ja schon vor dem Richter bestätigt. Ich hab sie gegrüßt und auch noch ein paar Sätze mit ihr gewechselt. Sie ist eine alte Kundschaft meiner Eltern und wäre arg verwundert gewesen, wenn ich einfach ohne ein Wort an ihr vorbeigelaufen wäre. Kurz darauf haben der Luck und ich uns getrennt. Er hat gemeint, sicher ist sicher. Der Luck ist die Bindergasse hinunter, und ich bin langsam den Weg durch die Königsfeldergasse entlang. Ungefähr um diese Zeit herum hat es auch leicht zu nieseln angefangen. In der Neustadt hab ich den Schinder wiedergesehen, vor dem Haus, in dem die Clara wohnt. Er stand vor dem Schaufenster vom Schuhladen und hat hineingeschaut. Direkt neben ihm sind noch zwei Frauen gestanden und haben sich unterhalten. Ich bin derweil in den Konditorladen gegenüber und hab Pralinees gekauft. Sieben Mark zwanzig hab ich dafür bezahlt, die Rechnung muss noch irgendwo sein. Die Clara hat solche kleinen Aufmerksamkeiten geschätzt und ihre Mutter auch. Wie ich den Laden wieder verlassen habe, da hab ich zuerst den Luck nicht mehr gesehen. Ich bin dann über die Straße und hinauf in die Wohnung. Der Luck ist, noch ehe die Tür wieder ins Schloss gefallen ist, hinter mir ins Stiegenhaus. Die Clara hat mir oben die Tür aufgemacht, sie trug ein Negligé. Sie hat sich über die Pralinees gefreut und sie gleich zu ihrer Mutter ins Zimmer gestellt.

Wir haben dann zusammen Tee getrunken, und ich hab

mich von ihr verabschiedet. Sie hat mich noch hinunter zur Tür begleitet. Ich hatte sie darum gebeten. Mein Gott! Es war das letzte Mal, dass ich die Clara gesehen hab, und da war sie noch am Leben! Ich schwöre es bei allem, was mir heilig ist!«

Hubert Täuscher brach weinend zusammen.

Samstag, 15. Juli 1922,
Landshut, Café Thalia,
Gefängnishauptaufseher Franz Rauber,
5.54 Uhr abends

Franz Rauber ging direkt vom Dienst nach Hause, zog die Uniform aus und machte sich keine fünf Minuten später auf den Weg ins Café Thalia. Dort angekommen, zwängte er sich an den Tischchen des gutbesuchten Kaffeehauses vorbei zu einem Platz in der hinteren Ecke, halb verdeckt durch die Garderobe.

»Servus, ist der Platz hier noch frei?« Rauber griff mit der Hand nach der Rückenlehne des Stuhls zog ihn ein wenig zu sich heran.

Der Gast legte die Zeitung beiseite und gab ihm mit einer Handbewegung zu verstehen, dass er sich setzten konnte.

»Servus. Ich hab mir gerade einen Cognac bestellt, magst auch einen?«

»Da sag ich nicht nein.«

»Herr Ober, bitte einen Cognac für den Herrn.«

Und etwas leiser an Rauber gewandt fuhr er fort: »Ich habe mir sagen lassen, bei euch war in den letzten zwei Tagen ziemlich was los.«

Rauber rückte seinen Stuhl ein wenig zurecht, ehe er

antwortete: »Ist ja auch in der Zeitung gestanden. Der Täuscher hat es sich anders überlegt und will plötzlich die ›Wahrheit‹ sagen.«

»Der Cognac für den Herrn. Darf es sonst noch etwas sein?« Der Ober stellte das Glas vor Franz Rauber auf den Tisch.

»Nein danke.« Rauber wartete einen kleinen Moment, erst als der Kellner außer Hörweite war, erzählte er weiter. »Heute in der Frühe ist es schon gut losgegangen. Erst hat der Dr. Fersch mit dem Täuscher noch einmal allein geredet, und am Nachmittag hat er sich den Schinder und den Täuscher gemeinsam vorgenommen.«

»Und?« Sein Gegenüber holte ein silbernes Zigarettenetui aus der Sakkotasche und legte es neben sich auf den Tisch.

Rauber nippte an seinem Glas.

»In der Früh war ich nicht dabei, aber am Mittag. Gegen eins hab ich den Schinder aus seiner Zelle geholt und zum Staatsanwalt gebracht. Wie ich mit ihm ins Zimmer rein bin, ist der Täuscher schon da gesessen. Kerzengerade ist er dagehockt, als hätt er einen Stock verschluckt. Ang'schaut hat er keinen, den Blick immer fest auf die Kante des Tischs gerichtet. Nicht einmal ein kleines bisserl hat er sich gerührt, wie ich mit dem Luck rein bin.«

Franz Rauber blickte sich kurz um und rückte noch ein Stück näher an den Tisch heran.

»Der Staatsanwalt hat den Täuscher aufgefordert, seine Aussage, die er zuvor gemacht hat, zu wiederholen. Der war völlig fertig, ich hab geglaubt, der bricht uns jetzt mitten im Verhörraum zusammen. Geschwitzt hat er, und seine Stimme ist ihm ein paarmal fast weggeblieben.«

»Und der Schinder? Was war mit dem?«

»Der war ganz gelassen, zumindest am Anfang, hat die Behauptungen vom Täuscher ins Lächerliche gezogen. Lauter ist er erst geworden, wie die Rede auf den Tathergang kam. Aber auch da hat er sich nichts gefallen lassen und hat ganz schön rausgegeben. Er hat gesagt, dass es eine große Gemeinheit wäre, eine Niederträchtigkeit, wenn er jetzt das Urteil am Täuscher vollstrecken ließe, wenn er der Täter wäre.

Richtig theatralisch ist er geworden. ›Mich soll der Herrgott strafen, wenn ich an der Mordtat beteiligt bin, Herr Staatsanwalt‹, hat er gesagt. Das hättest sehen sollen. Gar nicht mehr aufgehört hat er mit seinem Getue, ›wie feige muss einer sein, ein wehrloses Frauenzimmer umzubringen, noch dazu wegen einem solchen Gelump. Keiner, der auch nur einen Funken Ehrgefühl und Anstand im Leibe hat, kann so was verstehen.‹ Ich bin die ganze Zeit hinten bei der Tür gestanden, hab zugehört und hab mir eins gegrinst.

Dann hat er noch gesagt, dass alles, was der Täuscher sagt, eine Lüge ist. Ein Hirngespinst.

Der Staatsanwalt hat den Täuscher dann gebeten, mit seiner Aussage fortzufahren.

Der hat noch einmal alles wiederholt, was er ausgesagt hat. Um sein Leben geredet hat der, gar nicht mehr aufgehört hat er. Er hat erzählt, dass der Plan, die Ganslmeier auszurauben, vom Schinder gekommen ist und dass er, der feige Hund, unten vor der Tür auf ihn gewartet hat. Und weiter, dass ihm der Schinder später den Mord eingestanden hätte. Da hättest den Luck sehen müssen. Der ist aufgesprungen: ›Das ist eine gemeine Lüge! Ich werd dem Täuscher noch richtig eine runterziehen!‹

Voller Wut ist er auf ihn los. Bis ich g'schaut hab, hat er

ihn gepackt und will gerade zum Schlag ausholen, da bin ich dazwischen. Ich alleine hab den gar nicht mehr zurückziehen können, so in Rage war er. Nur mit Mühe haben wir ihn abhalten können, dass er sich an dem Täuscher nicht vergriffen hat. Ich sag dir, zu dritt haben wir ihn festgehalten und auf den Stuhl runtergedrückt.

Der Schinder hat gespuckt und geschrien: ›Ja, so ist es! Der Herr Täuscher ist der Unschuldige und ich der Täter. So schaut's aus! Dabei habe ich von dem Schmuck nie etwas gewusst. Noch bis zu meiner Verhaftung hab ich geglaubt, dass das G'lump alles Familienerbstücke sind.‹ Und was das jetzt soll, es wäre doch schon alles in der Hauptverhandlung gesagt worden. Dann hat er so richtig angefangen: ›Ich will auf der Stelle verfaulen oder kein Wort mehr sprechen können, wenn ich an der Tat auch nur beteiligt war. Beim Leben meiner Mutter, bei allem, was mir heilig ist, der Täuscher lügt doch, wenn er den Mund aufmacht!‹ Da redet der Richtige, Ganovenehre, hab ich mir gedacht. Dem Schinder seine Stimme hat sich überschlagen, so hat er gebrüllt. ›Wenn es nach dem Herrn Täuscher geht, dann haben wohl alle Zeugen in der Hauptverhandlung gelogen, und nur der Täuscher sagt die Wahrheit – dass ich nicht lache! Du Schuft, du trauriger! Hineintunken willst mich, aber das wird dir nicht gelingen, Gott ist mein Zeuge!‹

Der Täuscher hat versucht, Land zu gewinnen, hat an den Schinder appelliert, doch die Wahrheit zu sagen.

Der war fix und fertig. Und dann hat er gesagt, der Schinder hätte ihn bedroht, dass, wenn er die Wahrheit sagt, ihm was passiert. Um sein Leben hätte er gefürchtet, und nur deshalb hätte er die ganze Zeit nichts gesagt.«

Raubers Gesprächspartner hörte aufmerksam zu.

»Der Staatsanwalt hat gemeint, der Schinder soll zu dem Vorwurf Stellung nehmen, doch der hat sich nur noch weiter in Rage geredet: ›Was redet der Täuscher für einen Krampf, ich hab so was nie zu ihm gesagt, ich weiß gar nicht, was das soll.‹ Zum Staatsanwalt hat er gesagt: ›Herr Dr. Fersch, da können Sie sehen, was für ein schlechter Mensch das ist.‹ Und zum Täuscher: ›Warum hätte ich dich bedrohen sollen? Und wann?‹

Daraufhin hat der Täuscher erzählt, der Schinder hätte ihn mehrfach mit dem Tode bedroht, wenn er auch nur ein Sterbenswörtchen sagt. Selbst noch während der Verhandlung hätte er Möglichkeiten und Wege gefunden, ihm zu drohen. Wenn er, Täuscher, was sagen würde, wär er seines Lebens nicht mehr sicher. Er, Schinder, hätte überall seine Verbindungen, und selbst im Zuchthaus wären ihm noch ein paar einen Gefallen schuldig.«

»Was hat der Schinder darauf gesagt?«

»Der hat geschrien: ›Du Schwein, was lügst du so?‹, und zum Dr. Fersch: ›Sehen Sie, wie der Täuscher lügt?‹

Der Luck war so aufgebracht, dass ich ihn auf dem Stuhl festhalten musste.

Es ist dann noch eine Zeit hin und her gegangen, die beiden haben sich beschimpft wie die Kesselflicker, bis es dem Dr. Fersch zu viel geworden ist und er die Vernehmung abgebrochen hat.«

»Weiter haben sie nichts gesagt?«

»Nein. Keine Namen, nichts. Ich glaub aber, der Luck war so schlau und hat dem Täuscher auch nie was erzählt, was der später hätte verwenden können.«

»Das ist gut, und was passiert jetzt? Hat der Fersch noch

was gesagt?« Der andere spielte mit seinem Zigaretten-etui.

»Was soll schon passieren?« Franz Rauber zuckte mit der Schulter.

»Da steht Aussage gegen Aussage, und solang nichts Neues aufkommt, bleibt alles, wie es war. Bis jetzt hat sich keiner gemeldet, und der restliche Schmuck ist auch bei keinem anderen aufgetaucht. Und was am wichtigsten ist, der Dr. Fersch, der glaubt dem Täuscher sowieso nichts. Aber er will sich halt nichts nachsagen lassen, er muss der Sache nachgehen, so ist das nun mal.«

»Versteh schon.«

»Der Täuscher hat geglaubt, er hätte noch einen Trumpf im Ärmel. Er hat gesagt, der Luck hätte sich bei der Tat an der Hand verletzt, und wie ihn der Fersch gefragt hat, an welcher, hat der Täuscher erst nach langem Zögern gesagt: ›An der Linken.‹ Aber an der war nichts, nicht einmal das kleinste Kratzerl, und auch in den Untersuchungsunterlagen war nie die Rede davon. Und die blutverschmierte Jacke vom Luck, von der der Täuscher geredet hat, hat sich auch nirgends gefunden, so blöd ist der Luck ja nicht, dass er die rumhängen lässt. Also war auch *die* Sache vom Tisch. Kurz vor Dienstschluss ist dann das Gerücht umgegangen, es gäbe keinen Bedarf mehr zum Ermitteln. Also, passt doch, oder?«

»Woher hast das? Kann man sich darauf verlassen?«

»Von ganz oben, da ist Verlass drauf.«

»Nicht schlecht.« Der Fremde rieb sich am Kinn.

Rauber hob sein Glas und prostete ihm zu: »Prost! Was hast vor in nächster Zeit?«

»Ich denke, ich werde ein bisschen verreisen. Luftveränderung tut immer gut.«

Rauber trinkt sein Glas in einem Zug leer. »Ah, das tut gut. Ich sollt jetzt aber heim. Wo ist der Ober? Ich muss noch zahlen.«

»Lass gut sein, bist mein Gast.«

»Vergelt's Gott und mach's besser.« Rauber stand auf und ging, der Fremde öffnete das silberne Zigarettenetui. Für einen kurzen Augenblick wurden die in den Deckel eingravierten Buchstaben »RB« sichtbar. Er nahm eine der Zigaretten heraus und klopfte mit dem Filter kurz gegen das Etui. Dann legte er es auf den Tisch und zündete sich die Zigarette an.

Dienstag, 8. August 1922,
Landshut, Bahnhof,
Kriminaloberwachtmeister Johann Huther,
6.15 Uhr morgens

»Sie werden ganz nass hier heraußen im Regen. Gehen S' besser rein in den Warteraum. Ich hol Sie rechtzeitig, wenn der Zug kommt.« Der Eisenbahnbedienstete wies mit der Hand Richtung Bahnhofsgebäude. Johann Huther schnaufte kurz und zog seine Taschenuhr aus der Jackett-tasche.

»Wie viel, sagten Sie, hat der Zug Verspätung? Eine halbe Stunde?«

»Mindestens. Es gab einen Zwischenfall, mehr weiß ich nicht. Bis die Strecke wieder freigegeben wird, kann es eine Weile dauern.«

»Aber dass Sie mich nicht vergessen.«

»Nein, nein, da brauchen S' keine Angst haben. Ich komm fünf Minuten vor Einfahrt des Zuges rein. Außer Ihnen warten noch andere Leute drinnen, die wollen auch wissen, wann es weitergeht.«

Huther ließ die Uhr wieder in die Tasche gleiten und ging hinüber in den Wartesaal.

Neben der Tür im Wartesaal saßen zwei Frauen. Auf

dem Boden vor sich hatten sie Weidenkörbe und anderen Behältnisse ausgebreitet. Hausiererinnen auf dem Weg zur Kundschaft. Der Kriminaloberwachtmeister schaute sich kurz um, um sich dann möglichst weit weg, ans andere Ende des Raumes, zu setzen. Die Aktentasche legte er neben sich auf die Bank, den Hut nahm er ab.

Den Lehrgang in München, den hätten sie sich auch schenken können, ging es ihm durch den Kopf, während er den Hut ausschüttelte. Jetzt musste er wegen dem Schmarren bei dem Sauwetter raus. Brachte doch eh nichts, und hier blieb die Arbeit liegen.

An einem Besuch in München war an und für sich nichts auszusetzen, aber wenn, dann privat. Er sollte wieder einmal mit der Erna runterfahren. Am Hochzeitstag vielleicht? Und dann in ein Konzert oder ins Theater. Wie früher. Wenn er sich recht besann, hatte der Kollege Wurzer doch Verbindungen. Ein Cousin oder Schwager arbeitete am Theater. Eventuell war es so möglich, an günstige Karten zu kommen? Er wollte den Wurzer fragen, wenn er wieder aus München zurück war. Die Erna würde sich arg freuen, da war Huther sich sicher, dann kam sie auch wieder einmal raus. Und die Kinder? Da würde sich schon was finden lassen.

Nach und nach kamen weitere Wartende herein und verteilten sich auf die Bänke im Saal. Er machte sich nicht die Mühe, sie genauer anzusehen. Den älteren Herrn im hellen Stutzer bemerkte er nur, weil dieser direkt auf ihn zukam. Der Mann stellte seine Aktentasche auf die Wartebank, lehnte den mitgebrachten Schirm daneben und schälte sich umständlich aus seinem Sommermantel. Der Fremde stieß gegen den Schirm, dieser fiel um und direkt vor Huthers Füße. Huther beugte sich nach vorn und hob ihn auf.

»Bittschön, der ist umgefallen.«

»Recht schönen Dank. Ein Sauwetter ist das.«

Der Herr nahm den Schirm, spannte ihn auf und stellte ihn neben die Bank zum Abtropfen auf den Boden. »Jetzt haben wir Anfang August, und vom Sommer ist immer noch nichts zu sehen. Das können wir heuer wohl vergessen. Bisher hat das ganze Jahr schon nichts Rechtes getaugt. Erst hat es ewig gedauert, bis der Schnee weg ist, dann die schlimmen Hochwasser im Frühjahr und jetzt ein Sauwetter. Hoffentlich bekommen wir wenigstens einen gescheiten Herbst.«

Der Mann setzte sich genauso umständlich, wie er sich vorher seines Mantels entledigt hatte.

»Entschuldigung, jetzt habe ich gar nicht gefragt, ob hier noch frei ist.«

»Sie können sich ruhig setzen, hier ist genügend Platz für uns zwei.«

Huther rutschte ein wenig zur Seite.

»Warten Sie auch auf den Zug nach München?«

»Ja.«

Huther verspürte wenig Lust, sich in ein Gespräch verwickeln zu lassen, was seinen Banknachbarn jedoch nicht davon abhielt, weiterzufragen.

»Geschäftlich oder privat? Lassen Sie mich raten. Ich denke, geschäftlich. Wegen der Aktentasche. Hab ich recht?«

»Sie haben recht«, antwortete Huther kurz.

Er sah den Mann an. Der kam ihm bekannt vor, er wusste aber nicht, woher. Um nicht unhöflich zu erscheinen, fügte Huther hinzu: »Ich muss zu einem Lehrgang.«

»So was hab ich mir schon gedacht. Ich schau mir die Leute am Bahnhof immer gern an und überleg mir, was sie wohl machen oder wohin sie unterwegs sind. Ich muss öfters nach München, auch dienstlich.«

Der Unbekannte holte eine Tageszeitung aus der Aktentasche.

»Wollen Sie ein Stück? Es ist zwar die von gestern, aber es kann dauern mit der Verspätung heute. Wie mir der Eisenbahnassistent gesagt hat, hat sich wieder so ein armer Teufel vor den Zug geworfen.«

Ein Selbstmörder, da wird sich der Kollege Wurzer freuen, wenn er bei dem Wetter rausmuss, ging es Huther durch den Kopf, so ein Lehrgang hatte doch auch sein Gutes.

Hinter der Zeitung sprach sein Banknachbar einfach weiter: »Das passiert mir jetzt schon zum zweiten Mal in dem Jahr. Immer wenn ich dringend nach München will und eigentlich überhaupt keine Zeit habe. Aber wundern tut mich das nicht – bei der wirtschaftlichen Misere, da bleibt so manchem armen Schlucker nichts anderes übrig, als sich vor den Zug zu werfen.«

»Da haben Sie leider nicht unrecht.«

Der Mann begann mit der Lektüre der Tageszeitung, Huther lehnte sich zurück, das Gespräch schien beendet.

»Schauen Sie sich das an!«, unvermittelt hielt er Huther die Zeitung unter die Nase und tippte mit dem Finger auf einen Artikel: »Viertes Todesurteil in zwei Jahren vollzogen. Damit liegt Landshut an der Spitze in der ganzen Republik. Man kann es nicht glauben, aber nirgends wird so oft hingerichtet wie hier in unserem beschaulichen Landshut.«

Abrupt legte der Mann die Zeitung zur Seite. »Die mag ich jetzt auch nicht mehr lesen. Darf ich mich vorstellen? Justizrat Dr. Klar.«

»Johann Huther. Kriminaloberwachtmeister Huther.«

»Huther? Sie müssen entschuldigen, ich bin sonst nicht so aufdringlich, aber Sie kommen mir schon die ganze Zeit so bekannt vor. Ich weiß nur nicht, wo ich Sie hintun soll. Huther, sagen Sie? Lassen Sie mich nachdenken. Jetzt weiß ich, woher ich Sie kenne, Sie waren an der Untersuchung gegen einen meiner Mandanten beteiligt. Hubert Täuscher. Stimmt's, oder irre ich mich jetzt?«

»Sie liegen nicht falsch. Meine Kollegen und ich, wir waren an der Untersuchung beteiligt.«

»Lässt mein Gedächtnis mich doch nicht im Stich. In meinem Alter kommt man deshalb manchmal ins Grübeln, aber dieses Problem haben Sie noch nicht. Sie sind noch jung.«

»So jung auch wieder nicht.«

»Das mit dem Täuscher ist so eine Sache. Wissen S', Herr Huther, Ende des Jahres will ich in den Ruhestand. Ich mach das Geschäft jetzt schon fast zu lange. Und wenn man einem Mandanten nicht helfen kann, auch zu einem guten Teil, weil der sich nicht helfen lassen will, wie der junge Täuscher, dann schmerzt das. Das lässt einen nicht los. Aber ich geh Ihnen jetzt bestimmt auf die Nerven mit meinem Gerede. Sie müssen entschuldigen.«

»Ist schon gut. Ich kann Sie verstehen. Wir bearbeiten auch nicht alle Tage ein Verbrechen wie dieses, und selbst wenn, wird nicht jedes Mal gleich die Todesstrafe verhängt.«

»Und wiedergutmachen tut so eine Todesstrafe schließlich auch nichts. Egal, wie genau die Untersuchungen verlaufen sind, solange kein eindeutiges Eingeständnis der Tat vorliegt, bleibt am Ende immer noch die Frage, ob es auch wirklich den Richtigen erwischt hat. Hat man ein Leben erst genommen, kann man es nicht mehr rückgängig machen. Dies gilt für beide, Opfer und Täter.«

»Darf ich Sie was fragen, Herr Doktor Klar? Eigentlich hab ich fest damit gerechnet, dass das Urteil in eine lebenslängliche Haftstrafe umgewandelt wird. Der Tatablauf hat sich doch bis jetzt nicht ganz klären lassen. Ist kein Gnadengesuch eingereicht worden?«

»Nicht ein Mal, was sage ich, drei Mal hab ich es versucht. Heute will ich es noch einmal persönlich versuchen. Darum bin ich auf dem Weg nach München. Das Problem bei diesem Fall war, mein Mandant hat sich von Anfang an mit seinem Verhalten verdächtig gemacht. Und wie das so ist in solchen Fällen, dann sucht man gerne nur noch nach Dingen, die den Verdacht stützen, und nicht nach denen, die die Theorie ins Wanken bringen könnten. Ich will niemanden leichtfertig beschuldigen, aber sind wir nicht alle so, gehen wir nicht alle lieber den einfacheren, den bequemeren Weg? Wie war es mit Ihnen? Ich will Ihnen nicht zu nahe treten, Herr Huther, oder mich in Ihre Arbeit einmischen, aber waren Sie bereit, in eine andere Richtung zu denken? Ich jedenfalls, ich muss mich an der eigenen Nase packen. Der Täuscher hat es einem nicht leicht gemacht, auch ich war lange von seiner Schuld überzeugt, auch wenn ich es als sein Anwalt so nicht hätte sein dürfen. Ich habe Fehler gemacht.«

»Ich sage jetzt dazu nichts, Herr Dr. Klar, denn meine

Meinung als Privatperson zählt nicht, und als Kriminalbeamter ist der Fall für mich abgeschlossen, wenn es der Staatsanwalt sagt.«

»Herr Huther, das kann ich gut verstehen. Die Sachverständigen vor Gericht haben Hubert Täuscher einen kranken und sozial minderwertigen Menschen genannt, aber ein kranker Mensch kann nicht voll und ganz für sein Tun verantwortlich gemacht werden, mein lieber Huther, das wissen Sie so gut wie ich.

Überall dort, wo die Freiheit des Willens eingeschränkt ist, muss eine mildere Beurteilung auch der grässlichsten Tat eintreten. Das Individuum ist ein Sklave seiner Verhältnisse, seiner organischen Anlage, Erziehung, der äußeren Verhältnisse der Lebensschicksale.

Ein Fehlen aller ethischen Motive ist gleichbedeutend mit einem pathologischen Geisteszustand. Wissen Sie, da brauchen wir uns gar nichts vorzumachen, mit Sicherheit mangelt es dem Täuscher an Überlegungsfähigkeit und auch an sittlicher Widerstandsfähigkeit, sonst hätte es die Liebschaften nebeneinander doch gar nicht gegeben. Er ist kein Mensch, der Verantwortung tragen kann oder will, sonst wär er im Krieg nicht davongelaufen und hätt die Sache mit der Unterschlagung nicht eingefädelt, aber ihn darum hinrichten? Würde lebenslang nicht genügen? Ich habe bis zum Schluss gehofft, dass mein Mandant der Todesstrafe entgeht und dafür ein Lebenslänglich erhält. Darauf habe ich hingearbeitet, es ist zwar auch keine schöne Aussicht, aber es war das Einzige, was ich noch für ihn tun konnte.«

Dr. Klar rückte ein wenig an Huther heran.

»Am Tag der Urteilsverkündung hat er plötzlich zu reden angefangen, nachdem er zuvor fast nichts gesagt hat, wie Sie vielleicht wissen.«

Johann Huther nickte. »Ich hab davon gehört, war aber damit nicht mehr befasst.«

»Die Untersuchungen wurden von der Staatsanwaltschaft auch nicht weiter aufgenommen. Herr Huther, ich will und kann nicht sagen, inwieweit den Geständnissen des Täuscher nach seiner Verurteilung Glauben geschenkt werden darf. Nur eines kann ich sagen, alle seine Angaben, die er letztlich nach der Verkündung des Urteils gemacht hat, hielten zumindest, soweit überprüfbar, stand.«

»Aber warum die Lügerei vor Gericht?«

»Diese Frage habe ich mir auch oft gestellt, ich habe keine Antwort. Vielleicht bestand der naive Glaube, ist kein Zeuge der Tat vorhanden, kann uns die Tat nicht nachgewiesen werden. Vielleicht hatte er Angst, ob begründet oder nicht. Das hat er zum Schluss immer wieder gesagt, aber so spät, dass ich nicht mehr viel damit tun konnte. Und wer weiß – er ist ein Phantast, da können Sie nicht mit logischem Verhalten argumentieren. Einbildung und Wahrheit verschwimmen da oft. Eines ist klar, er hatte offenbar mit einem Freispruch gerechnet. Unglaublich. Dabei war im Vorverfahren und in der Hauptverhandlung absehbar, dass es zu einer Verurteilung, wenn auch nicht zu einem Urteil von dieser Härte kommen muss.

Verstehen Sie mich nicht falsch, ich glaube nicht, dass er ein Unschuldslamm ist, er wollte stehlen oder rauben. Aber wäre er der alleinige Hauptverantwortliche, wozu hätte er dann den Schinder überhaupt gebraucht? Zum Veräußern des Schmucks wohl kaum. Und warum waren die beiden dann den ganzen Tag zusammen, und ausgerechnet, als die Frauen ermordet wurden, war Täuscher allein? Das ist unglaubwürdig.«

»Ich gebe Ihnen recht, die Sache ist in keiner Weise lückenlos aufgeklärt, aber das sage ich nicht als Polizist. Es sind einfach zu viele Fragen offengeblieben, und keiner wollte es genau wissen. Ich hatte ein Daktylogramm erstellen lassen wollen, wegen der Fingerabdrücke in der Wohnung. Da hätten wir doch Beweise gehabt, ganz eindeutige. Aber es wurde abgelehnt, keiner wollte Geld ausgeben für so einen ›neumodischen Humbug‹. Es war immer wieder die Rede von einem großen Unbekannten. Dem verheirateten Geliebten der Clara Ganslmeier. Wir haben nichts gefunden, was dafürspricht, aber auch nichts dagegen. Mir ist immer noch ein Rätsel, warum es die Clara damals so eilig hatte in der Metzgerei, der Hubert sollte doch erst später kommen. Und warum macht sie die Sportgymnastik aus, wenn sie doch, wie es aussieht, Besuch bekommt? Wir haben nichts gefunden, Herr Dr. Klar, und der Täuscher hat es uns nicht gerade leicht gemacht mit seiner Lügerei. Reingeritten hat er sich immer mehr.«

»Natürlich hat er sich durch sein Verhalten und seine Lügen immer mehr selbst belastet. Dass er sich so sein eigenes Grab geschaufelt hat, war ihm nicht klarzumachen, zu keinem Zeitpunkt der Verhandlung. Und als es ihm schließlich dämmerte, da war es zu spät. Und ich versuche nun zu retten, was zu retten ist. Weitere Untersuchungen, noch ehe das Urteil rechtskräftig wurde, wurden von der Staatsanwaltschaft abgelehnt. Es wären keine verfolgungswürdigen Hinweise und Zeugenaussagen vorhanden. Vor dem Volksgericht ist das Einlegen aller Rechtsmittel untersagt, mir bleibt als letzter Weg nur das Bitten um Gnade.«

»Meine Herrschaften, der Zug fährt gleich ein, bitte gehen Sie hinaus auf den Bahnsteig.«

Der Eisenbahnassistent stand in der Tür zum Wartesaal.

»Alles, was ich noch tun kann, ist hoffen, dem armen Phantasten wird Gnade zuteil. Aber wissen Sie, was mir keine Ruhe lässt in diesem Fall, mein lieber Herr Huther? Hier hat ein jeder jeden belogen, und ein jeder ist getäuscht worden. Die Clara, der Hubert, alle, und – was mich am meisten trifft – am Ende sogar die Gerechtigkeit.«

Der Justizrat stand auf, Huther half ihm in den Mantel.

»Dankschön, Herr Huther. Vielleicht sehen wir uns einmal wieder. Auf alle Fälle wünsche ich Ihnen einen schönen Lehrgang in München.«

»Auch ich wünsch Ihnen eine gute Fahrt und von ganzem Herzen, dass Sie Erfolg haben mit Ihrem Anliegen in München, Herr Dr. Klar.«

Landshuter Zeitung
Lokales: Doppelraubmord

Landshut, 29. August 1922

Das Todesurteil bestätigt hat nunmehr der Ministerrat gegen den wegen Doppelraubmords zweimal zum Tode verurteilten Hubert Täuscher von hier. Die Vollstreckung des Urteils fand heute früh ¾ 6 Uhr im Hofe des Landgerichtsgefängnisses durch Erschießen statt. Kaltblütig, aufrechten Schrittes, ging er den letzten Gang. Das Urteil wurde durch zehn Mann der Landespolizei vollstreckt. Die Leiche wurde von den tiefbedauernswerten Eltern übernommen und wird hier beerdigt.

Mittwoch, 13. Dezember 1922,
Polizeipräsidium Landshut,
Kriminaloberwachtmeister Huther,
10.10 Uhr vormittags

Kriminaloberwachtmeister Huther räusperte sich, strich mit der Linken über sein Sakko und holte mit der Rechten seine Uhr aus der Jackentasche. Zehn Minuten nach zehn. Er räusperte sich erneut, diesmal etwas lauter.

Ihm gegenüber saß eine junge Dame, Bubikopf, für seinen Geschmack etwas zu auffällig und stark geschminkt. Auch die Kleidung von jener Sorte, wie man sie in Landshut eher selten fand. Alles eine Spur zu grell, zu großstädtisch, fand er.

»Was führt Sie zu mir?«

»Ich will eine Aussage machen. Ich war jetzt ein Dreivierteljahr verreist und habe gestern erst durch einen Bekannten erfahren, dass Sie Zeugen suchen, die eventuell etwas sagen können zu dem Doppelmord in Landshut in der Neustadt.«

»Gnädiges Fräulein, das ist aber jetzt schon eine Weile her, und der Fall ist abgeschlossen. Eigentlich gibt es da nichts mehr zu ermitteln, aber ich höre Ihnen natürlich trotzdem gerne zu. Wie war Ihr Name?«

»Maria Sußbauer, ich wohne in München, war aber jetzt wie gesagt ein Dreivierteljahr verreist und bin erst letzte Woche aus Berlin zurückgekommen.«

»Und nun sind Sie hierher zu uns und wollen eine Aussage machen?«

»Ja, das ist richtig, Herr Oberwachtmeister.«

»Warum sind Sie denn nicht eher gekommen, wenn ich fragen darf? Haben Sie nicht eher davon erfahren? Sie hätten die Aussage auch gerne in Berlin machen können. Die Kollegen hätten es an uns weitergeleitet.«

»Ich habe von dem Vorfall erst erfahren. Ich hatte keine Ahnung. Erst letzte Woche habe ich davon gehört. Und auch das nur durch Zufall. Ich bin eine Bekannte vom Herrn Schinder, Luck Schinder. Ich kenne ihn schon so lange, das ist schon gar nicht mehr wahr. Hin und wieder hab ich was von ihm gekauft. Immer nur kleinere Sachen, mal einen Ring, eine Brosche oder ein Ketterl. Ich war darum nicht überrascht, wie er mich im April in meiner Wohnung in München aufgesucht hat. Er hätte wieder was für mich, hat er gesagt.«

»Und was hat er ihnen dann angeboten?«

»Er hat ein silbernes Lorgnon aus der Tasche gezogen und auf den Tisch gelegt. Die Kette dazu, die würde ich in den nächsten Tagen auch noch bekommen, hat er mir versprochen.«

»War das alles?«

»Nein, er hat gemeint, wir könnten uns am selben Abend treffen, damit ich mir noch ein paar andere Sachen anschauen kann. Und wenn ich eine Freundin hätte, von der ich wüsste, dass sie auch was kaufen will, könnte sie auch gleich mitkommen.

Ich bin dann in Begleitung einer Freundin in das Gasthaus zum Filmhof in München, dort habe ich mich mit Schinder getroffen.«

»Können Sie mir den Namen Ihrer Bekannten nennen?«

»Freilich, das war das Fräulein Laura Kronberger. Die Anschrift kann ich Ihnen auch jederzeit gerne geben, wenn Sie sie brauchen.«

»Das machen wir dann später. Erzählen Sie mir erst einmal, was ist dann passiert im Filmhof?«

»Dort haben sie uns dann noch weitere Schmucksachen gezeigt.«

»Sie sagen: ›*Sie* haben uns noch weitere Gegenstände gezeigt.‹ War der Schinder nicht alleine?«

»Nein. Er war dort in Begleitung eines anderen Herrn. Ich hab den Schinder gefragt, wo er das alles herhat. Es hat mich schon neugierig gemacht. Angeblich hat er es in Holland, wie er das letzte Mal drüben war, für achtzehntausend Mark gekauft. So hat er es mir und dem Fräulein Kronberger erzählt.«

»Haben Sie ihm das geglaubt?«

»Ich wollte es nicht wissen, und darum habe ich nicht weiter nachgefragt. Das geht mich nichts an. Es war auch die Rede von Besteck und weiterem Silberzeug. Ich war daran weniger interessiert. Wie er das gemerkt hat, hat er gemeint, er hätte noch eine kostbare Perltasche mit Pfau. ›Die ist so schön, selbst der Kaiser hat noch keine solche gesehen.‹ Er hätte alles in einem Schließfach. Ich könnte es mir jederzeit anschauen. Er würde mir auch einen guten Preis machen, wir kämen da schon zusammen, hat er mir gesagt.«

»Bei den Wertgegenständen handelt es sich nicht um alltägliche Dinge. Können Sie mir sagen, was Sie beruflich machen?«

»Eigentlich bin ich Schneiderin, das habe ich einmal gelernt, aber ich bin schon seit Jahren mit einem Geschäftsmann verlobt. Er ist auch der Grund, warum ich die letzten Monate verreist war. Als Schneiderin verdient man nicht viel, da könnte ich mir so etwas nie leisten. Aber nicht dass nun ein falscher Eindruck von mir entsteht, ich bin ein anständiges Mädchen.«

»Daran habe ich auch nicht gezweifelt.«

»Ich wollte es nur richtigstellen, denn manchmal werden auch falsche Schlüsse gezogen. Mein Verlobter ist verheiratet und kann sich leider nicht scheiden lassen, lebt aber von seiner Frau schon seit Jahren getrennt.«

»Fräulein Sußbauer, es ist Ihre Angelegenheit.«

»Ich wollte das nur richtigstellen. Der Freund vom Luck, der hat auf mich keinen guten Eindruck gemacht. Der ist schon ein seltsamer Mensch, so ganz anders als der Schinder.«

»Wissen Sie noch den Namen des Freundes?«

»Täuscher, Hubert Täuscher. Wie gesagt, ein seltsamer Mensch, der hat den Mund nicht aufgebracht, ist immer nur dabeigesessen, und der Luck hat geredet. Mir war der unheimlich, richtig gegruselt hat es mich vor dem.

Und dann ist mir noch was aufgefallen. Der Schinder, der hatte eine wehe Hand.«

Johann Huther richtete sich in seinem Stuhl auf und beugte sich mit dem Oberkörper etwas nach vorne: »Eine wehe Hand?«

»Ja, eine wehe Hand. Er hatte sich einen Verband drumgewickelt, und der war ganz blutig. Ich habe ihn darauf angesprochen, und er hat gesagt, er habe sich beim Autoankurbeln verletzt. Ich habe nicht weiter nachgefragt.«

»Wissen Sie noch, welche Hand es war?«

»Warten Sie … die linke. Nein. Die rechte.«

»Sind Sie sich da sicher?«

»Es war die rechte. Ich bin mir absolut sicher, mausetot könnte ich umfallen, so sicher bin ich mir da.«

Donnerstag, 30. März 1922, Landshut-Neustadt, Bürstenfabrikantensohn Hubert Täuscher, 5.02 Uhr nachmittags

»Ich bin noch drüben bei der Rötzer gewesen, die hat wieder gebraucht, da brauchst nicht reingehen, wenn du es eilig hast. Die betet jedes Wurstradl an, ehe sie es dir einpackt. Und beim Wechselgeld hat sie mich auch schon dreimal beschissen. Ich hab gerade noch Zeit gehabt, die Mutter zu verrichten und mich umzuziehen, bevor du gekommen bist. Magst einen Tee, Bertl?«

»Da sag ich nicht nein.« Hubert Täuscher stand in dem kleinen Vorraum, der zum Flur in der Wohnung Ganslmeier führte.

»Ein Sauwetter haben wir heute wieder, meinst nicht auch?« Clara Ganslmeier rief Hubert Täuscher die Worte über die Schulter hinweg zu, als sie auf dem Weg in die Küche war. »Geh, Bertl, magst nicht ablegen und schon ins Wohnzimmer gehen? Ich mach den Tee und stell die Pralinees der Mutter ans Bett, die wird sich freuen, wenn sie aufwacht. Mach's dir bequem, ich bin gleich bei dir.«

Hubert Täuscher zog den Stutzer aus und hängte ihn an die Garderobe. Während Clara in der Küche war, schob er den Riegel an der Wohnungstür vorsichtig zurück. So, wie er es zuvor mit Schinder vereinbart hatte, erst dann ging er den Gang entlang hinüber in den Salon.

Ausgemacht war, Schinder sollte ein paar Minuten im Stiegenhaus abwarten. Danach, ohne Lärm zu machen, die Wohnungstür öffnen und sich im ersten Zimmer links verstecken. Sobald die Luft rein war, würde Hubert ein Zeichen geben. Schinder hätte dann genügend Zeit, sich von der Kammer in das Zimmer, in dem die Mutter Ganslmeier schlief, zu schleichen. Als Zeichen war ein lautes Husten vereinbart worden. Schinder wüsste dann, dass Clara die nächste Viertelstunde im Salon bleiben würde. Zeit genug, den Schmuck zu stehlen und die Wohnung zu verlassen.

Hubert hatte sich in einen der Clubsessel gesetzt, während Clara in der Küche den Tee machte. Kurz darauf kam sie mit einem vollbepackten Tablett zu ihm ins Wohnzimmer. Neben den Teetassen lagen auf einem extra Tellerchen ein paar Pralinees und etwas Gebäck. Sie stellte das Tablett ab, goss jedem etwas Tee ein und in die für Hubert bereitgestellte Tasse zusätzlich zwei Scheiben Zitrone.

»Ich weiß doch, dass du das so gerne magst, Bertl.«

Clara lächelte, beugte sich nach vorn und gab Hubert einen Kuss auf die Stirn, dann erst setzte sie sich. Sie nahm ihre Tasse vom Tischchen und nippte daran. Während sie die Tasse weiter in der Hand hielt, sah sie Hubert dabei zu, wie er seinerseits einen Schluck Tee nahm.

»Ach, das hat heute wieder gedauert, bis die Mutter eingeschlafen ist. Da hilft selbst der Baldrian nichts mehr, aber jetzt schläft s'. Glaub mir, alte Leute sind, als ob du die Stube voller kleiner Kinder hast.«

Hubert Täuscher hustete.

»Hast dich verschluckt, Bertl? Du darfst den Tee nicht so hastig trinken, der ist noch ganz heiß.«

»Nein, nein, ist schon in Ordnung.«

»Du wirst mir doch nicht krank werden, Bertl?«

Clara stellte die Tasse zurück auf den Tisch.

»Oh mein Gott, ich hab noch was vergessen! Kannst schnell einen Moment warten? Ich muss noch mal rasch hinüber ins Klosett. Der Mutter ihr Nachtgeschirr steht immer noch da. Ich hab es abgestellt, wie du an der Tür geschellt hast.«

Ehe Täuscher etwas sagen konnte, stand sie auf und ging hinaus. Kreidebleich und stumm vor Schreck blieb er im Wohnzimmer auf dem Kanapee und wartete.

Er hörte die Spülung und das Klappern von Claras Absätzen, als diese vom Klosett hinüber in die Küche zum Händewaschen ging.

»Ach, ich weiß nicht, wo heute mein Kopf ist. Bertl, ich bin gleich wieder bei dir, ich leg nur noch schnell das schmutzige Handtuch in die Kammer«, rief sie ihm vom Flur aus zu. Er wusste nicht, was er tun sollte, saß einfach weiter da und lauschte angespannt. Er hörte, wie Clara den Flur entlanglief und die Tür zur Kammer öffnete.

Kurz darauf hörte er sie schreien. Hubert sprang vom Sofa hoch und lief aus dem Salon, hinüber in die Kammer. Er konnte sehen, wie Luck mit Clara rang.

»Hilf mir, oder schau, dass dich schleichst!«

»Luck, gefehlt ist's, lass es bleiben und komm!« Hubert wollte nur noch fort.

»Schau, dass dich schleichst, ich sag's nicht noch mal! Wart unten in der Steckengasse!«

Clara war von Luck auf das Bett gestoßen worden. Sie schrie die ganze Zeit und schlug verzweifelt um sich. Hubert wusste sich nicht zu helfen, er drehte sich um, rannte aus der Wohnung hinaus und, so schnell es ging, die Treppen hinunter. Die ganze Zeit begleitet von einem dumpfen Geräusch, Claras wieder und wieder gegen das Bettgestell schlagende Beine.

Keine Viertelstunde später war auch Schinder in der Steckengasse. Hubert packte Luck am Arm und drückte ihn in einen Hauseingang.

»Was hast du gemacht? Was ist mit der Clara?«

Luck riss sich los und ging schnell die Gasse entlang, Täuscher hinterher.

Dann drehte er sich um und schaute Hubert mit wilden Augen an: »Jetzt hältst dein Maul und kommst mit, den Schmuck hab ich, und gut ist. Maulaffen feilhalten kannst später, los, komm!«

Als Hubert ihn auf der Fahrt nach München noch einmal fragte, was mit der Clara passiert sei, sagte der: »Was werd ich schon gemacht haben, Patscherl? Ein Ende hab ich ihr gemacht.«

»Bist du verrückt? Hast die Clara umgebracht? Ist sie tot? Bist du wahnsinnig?

Und die Mutter? Die hat doch alles gehört, die weiß bestimmt, dass ich da war! Die Clara hat es ihr hundertprozentig gesagt, dass ich komme!«

»Bist ein Depp! Hörst nicht zu? Da brauchst dich nicht zu kümmern, die redet nicht mehr. Ich hab den beiden den Garaus gemacht.«

Täuscher starrte ihn an.

»Wie …«

»Was schaust denn so blöd! Ich hab alles gemacht wie ausgemacht. Ich bin in die Wohnung rein, und wie ich die Ganslmeier hab kommen hören, da hab ich mich hinter der Tür versteckt. Die hat mich nicht mal bemerkt, wie sie rein ist ins Zimmer. Erst im Hinausgehen ist sie mit dem Ellbogen gegen mich gestoßen, und da hat sie mich dann gesehen. Ich hab keine andere Wahl gehabt. Die hätte doch gleich die Polizei geholt, und dann wär ich dran gewesen, wegen versuchtem Einbruch und Raub. Glaubst, ich will wegen so was noch einmal einsitzen? Ich bin doch nicht blöd. Die Ganslmeier, die dumme Gans, hat mich angegafft, als ob ich ein Geist wär, da hab ich nicht lange gewartet und sie gepackt und aufs Bett hingefeuert. Sie hat geschrien wie narrisch, das hast doch noch gehört. Das Luder, das hundsverreckte, gewehrt hat sie sich. Sie hat mich am Selbstbinder gepackt und den mit aller Kraft zusammengezogen. Fast wär mir selbst der Schnaufer ausgegangen. Grad zu tun hab ich gehabt, dass ich ihrer Herr geworden bin. Ein zaches Luder, deine Clara, mir war schon ganz damisch, bis ich endlich mein Messer im Hosensack zu fassen gekriegt hab. Damit hab ich ihr gleich die Gurgel abgeschnitten. Brauchst nicht so schauen! Was hätte ich machen sollen? Die ganze Hand hat sie mir auch zerkratzt, die Matz. Hätt ich mich da nicht wehren sollen? Da, schau her.«

Er hielt Täuscher die blutende Hand hin.

»Wenn die allweil so wild war, dann versteh ich schon, dass du gar so nasch warst auf die. Aber Spaß beiseite, ich bin dann in das Zimmer von der Alten. Dort hab ich mein Sacktuch aus der Hosentasche geholt und es ihr in den Mund gesteckt. Den letzten Zahn, den sie vorn noch gehabt hat, hab ich ihr eingedrückt, bevor ich sie hab ausschnaufen lassen.«

Luck Schinder grinste über das ganze Gesicht. »Wenn s' mich erwischt hätten, dann wärst du auch dran gewesen. Also sei lieber froh und dankbar, anstatt jetzt rumzujammern wie ein Waschweib.«

»Und wenn sie gar nicht tot sind? Wenn s' am Ende gar nur ohnmächtig waren? Mir ist's grad, als ob sie wieder zum Leben kämen. Ich kann's nicht glauben, dass sie nimmer sind. Das kannst doch so nicht gemacht haben.«

»Du gefällst mir, da brauchst dich nicht kümmern – wenn ich was mach, dann g'scheit. Ich hab ihr den Knebel schon weit hinuntergesteckt. Die kommt nimmer zum Leben.« Dabei tat er mit Zeige- und Mittelfinger seiner rechten Hand so, als schoppe er etwas einen Schlund mit den Fingern hinunter. »Das musst machen, geradeso wie du eine Gans stopfst. Und die andere, die hat ausgeblutet, das kannst mir glauben.«

»Oh mein Gott, die werden auf mich kommen!«

»Einen Dreck werden s', wennst deine Bappn hältst und machst, was ich dir sag.«

»Warum hast denn beide gleich umbringen müssen? Hättest nicht weglaufen können, dann wär alles noch, wie es war.«

»Bist jetzt so blöd, oder tust nur so? Nix wär wie vorher, die Clara hat mich gesehen, da war klar, wer mich in die Wohnung gebracht hat. Die ist doch nicht blöd. Was soll da sein wie vorher. Keine andere Wahl hab ich gehabt! Geht das in deinen Schädel rein?«

»Und den Schmuck? Hast den mitgenommen?«

»Endlich eine g'scheite Frage! Das Gelumpe war im Sekretär. Das silberne Besteck und die Perlentasche waren in der Kammer. Eines darfst nicht vergessen, wir sitzen beide im selben Boot. Wenn wir zusammenhalten, kommen wir raus aus der Sache. Wenn nicht … bleibt's an dir hängen. Keiner weiß, dass ich bei der Clara in der Wohnung war, und ich hab aufgepasst, dass mich auch keiner sieht. Also halt die Goschn. Wennst glaubst, du kannst mich reinlegen und verpfeifen, da musst schon früher aufstehen – ich hab jetzt schon zwei umgebracht, auf einen Dritten und Vierten kommt's mir nimmer an. Und jetzt lass mir meine Ruhe, ich will schlafen.«

Irgendwann später stand Luck auf, öffnete das Fenster im Abteil und warf das Messer aus dem Zug.

Erst spätnachts, als sie im Zimmer im Bamberger Hof in München waren, packte Schinder alle Schmucksachen aus. Ein Schächtelchen nach dem anderen zog er aus seinen Taschen. Ganz zum Schluss holte er aus der Westentasche die Ohrringe mit dem grünen Smaragd und die beiden Fingerringe heraus. Er schleuderte sie achtlos auf den Tisch.

»Steh nicht so dumm rum und glotz wie ein Schaf, die Ohrringe musst baden«, wies er Täuscher an. Der tat kreidebleich und zitternd, wie ihm geheißen wurde. Er legte den Schmuck in die Seifenschüssel und schüttete Wasser darüber. Das Wasser färbte sich rot vom Blut. Erschrocken fuhr er hoch: »Warum sind die so blutig?«

»Warum wohl? Weil sie geblutet hat wie eine Sau. Ich war schon fast draußen zur Tür, da ist's mir gerade noch zur rechten Zeit in den Sinn gekommen, dass sie noch ihren Schmuck dran hat, deine Clara. Da bin ich halt noch mal rein ins Zimmer und hab ihr die Brillantringe von den Fingern gezogen. Die Ohrringe, die hab ich ihr auch heruntergerissen. Da, wo sie jetzt ist, da braucht sie es nicht mehr. Aber weißt, was mich schon arg wurmt? Erst wie ich unten aus dem Haus raus bin, ist mir eingefallen, dass sie ihre Zähne mit dem ganzen Zahngold auch noch drin hatte. Wenn ich nicht schon herunten an der Haustür gestanden wäre, dann wär ich noch einmal hoch und hätt ihr die Zähne auch noch rausgetan, das kannst mir glauben. Aber sei's drum, es ist, wie es ist.«

Montag, 19. April 1926,
Zuchthaus Landau,
Strafgefangener Luck Schinder,
11.30 Uhr mittags

Die Formalitäten dauerten unendlich lang, das Aushändigen der Kleider, die ermahnende Ansprache des Anstaltsleiters. Und dann, endlich, bekam er seinen Entlassungsschein. Er faltete ihn und steckte ihn in die Jackentasche.

Seine Hände waren feucht vor Aufregung, und das Herz schlug ihm bis zum Hals. Schon die letzten Tage hatte er dieses Gefühl der Ruhelosigkeit gehabt, es war schwer zu beschreiben. Es fühlte sich an, als stünde er unter Strom, ein Bitzeln durch den ganzen Körper, von den Fingerspitzen bis hinab zu den Zehen. Eine Unruhe von der Art, wie sie einen befällt, wenn man sich müde und erschöpft zu Bett legt, der Körper entspannt sich, und kurz davor, hinüberzugleiten in den Schlaf, im letzten Bruchteil eines Augenblicks, schreckt man hoch, und das immer und immer wieder.

Nach seiner Verabschiedung folgte er den Wärtern durch lange, dunkle Gänge, vorbei an den Arrestzellen, die Stufen hinab, bis er schließlich vor der schweren Holztür stand. Einer der Wärter, die ihn begleitet hatten, entriegelte das Schloss, gab ihm zum Abschied die Hand. Nun folgten noch Wünsche, »Alles Gute« und noch irgendetwas von einem »besseren Leben draußen« und »hoffentlich nie wiedersehen«. Ein dummer Spruch, der wohl einem jeden mit auf den Weg gegeben wurde. Luck Schinder hörte nicht richtig zu, es war ihm auch egal, vor sich sah er nur das Licht, das durch die offene Tür hereinfiel. Er trat durch die Tür hindurch, aus der Gefangenschaft, hinaus in die Freiheit. Gleich hinter ihm wurde die Tür wieder versperrt, das Gefühl des Getriebenseins fiel in genau diesem Augenblick von ihm ab. Er wusste, er war frei.

Und jetzt? Er stand mit dem Rücken zur hölzernen Tür, atmete tief ein. Die Luft heraußen schmeckte anders, frisch, nicht abgestanden modrig. Schinder streckte sich, blickte zum Himmel, er war wolkenlos blau und unendlich weit. Er schloss die Augen und spürte die Wärme der Sonnenstrahlen in seinem Gesicht.

So blieb er zwei, vielleicht auch drei Minuten regungslos stehen, ehe er seinen Kopf nach links und nach rechts wandte. Die Straße war in beide Richtungen menschenleer. Nach kurzem Zögern entschied er sich, nach links zu gehen. Das nächste Wirtshaus würde er aufsuchen, hatte er sich schon seit Tagen vorgenommen, das erste Bier in Freiheit trinken. Nach über vier Jahren Zuchthaus.

Er ging ein kurzes Stück, blieb stehen, ihm war furchtbar heiß, schon nach diesen wenigen Schritten. Sie hatten ihm die Kleidung, die er bei seiner Verhaftung getragen hatte, ausgehändigt, nur damals war es kalt und regnerisch gewesen und heute ein warmer Frühlingstag, fast schon sommerlich. Er stellte den verschnürten Pappkarton mit seinen übrigen Habseligkeiten neben sich auf den Boden, zog die Jacke aus, griff in die Innentasche und holte die Zigarettenpackung heraus, erst dann faltete er das Jackett in der Mitte und legte es über seinen Arm.

»Schauen wir mal, ob die nach der Zeit noch gut sind, wär schad drum.«

Er klopfte mit der Packung gegen den Handrücken der vernarbten rechten Hand, bis die Filterstücke sichtbar wurden, die Zigarette selbst zog er mit dem Mund heraus. Aus der Hosentasche holte er die Streichhölzer und zündete sie an, sog den Rauch tief ein, den ersten Zug in Freiheit. Und ganz langsam verzog er seinen Mund zu einem breiten Grinsen.

»Manoli-Parkschloss, hast schon keinen schlechten Geschmack gehabt. Die erste geht auf dich, Hubert. Du weißt ja, je schlechter der Mensch, desto größer das Glück.«

»Stef Penney ist wohl eine der größten Erzählerinnen, die wir zurzeit haben.«
Lesley McDowell im ›Scotsman‹

Stef Penney

Was mit Rose geschah

Roman · dtv premium
Deutsch von
Susanne Goga-Klinkenberg

ISBN 978-3-423-**24961**-4
(auch als eBook erhältlich)

Privatdetektiv Ray soll eine verschwundene junge Frau finden – Rose Janko. Doch verschwunden ist sie schon vor sechs Jahren. Warum hat damals niemand nach ihr gesucht? Warum jetzt? Die Familie schweigt, denn die Jankos sind eine Roma-Familie, die ganz unter sich bleibt – und vom Unglück verfolgt scheint. So sehr, dass man munkelt, es liege ein Fluch über der Familie. Ray wird immer tiefer in ein Netz aus Geheimnissen und Lügen hineingezogen, und als er dicht davor ist, das Rätsel zu lösen, wird ihm das beinahe zum Verhängnis.

»Ein wunderschön komponierter Roman. Diese Geschichte von Verlust, Täuschung und einer Familientragödie geht einem noch lange nach.«
Daily Express